Alice et le cheval volé

Caroline Quine

Alice et le cheval volé

Traduction
Dominique Rousset

Illustrations
Marguerite Sauvage

HACHETTE
Jeunesse

Alice

Jeune détective de choc, extrêmement perspicace et courageuse pour ses dix-huit ans. Au volant de son cabriolet, elle se lance dans des enquêtes toujours trépidantes... quitte à affronter des adversaires aussi malhonnêtes que dangereux !

Marion

Le garçon manqué de la bande. Avec Bess, c'est la meilleure amie d'Alice... Grande sportive, elle a le goût de l'aventure, et ne dit jamais non à une bonne enquête !

Bess

C'est la cousine de Marion. Gourmande, coquette et aussi un peu timorée, elle finit cependant toujours par suivre ses amies dans les aventures les plus risquées...

James Roy

Le père d'Alice.

Ce célèbre avocat prête souvent main-forte à sa fille dans ses enquêtes… quand ce n'est pas Alice qui l'aide à résoudre les énigmes les plus ardues !

Ned

Lorsqu'il n'est pas retenu par ses épreuves sportives ou par ses cours à l'université, ce beau jeune homme aide les trois amies à résoudre les mystères les plus ténébreux… pour le plus grand plaisir d'Alice !

L'ÉDITION ORIGINALE DE CE ROMAN
A PARU EN LANGUE ANGLAISE
CHEZ WANDERER BOOKS (SIMON & SCHUSTER), NEW YORK,
SOUS LE TITRE :

RACE AGAINST TIME

Traduction revue par Rosalind Elland-Goldsmith

Hachette Livre, 43, quai de Grenelle, 75015 Paris.

chapitre 1

De graves événements

— Dis, Alice, tu as l'intention d'enquêter sur cette affaire de cheval de course disparu ? demande Marion Webb alors qu'elle galope à travers bois en compagnie de sa cousine et de sa meilleure amie.

Cette dernière sourit et ses yeux bleus brillent malicieusement.

— Je voudrais bien, mais... on ne me l'a pas proposé !

— Mais je croyais qu'on avait parlé de toi dans *Les Nouvelles de River City* ? intervient Bess Taylor.

— Oh ! C'était seulement un éditorial.

Un cheval de prix a été volé dans la région et le journal local a, en effet, conseillé à la police de s'adjoindre les services d'Alice Roy, la célèbre détective.

— Au fait, j'ai oublié de te dire... reprend Marion.

Mais elle est interrompue par un hurlement : le cheval de Bess vient de se cabrer sur ses pattes de derrière, hennissant de peur.

Un chat tigré a surgi devant lui sur le sentier et s'enfuit à présent dans un fourré, tandis que la jeune fille essaie, tant bien que mal, de se maintenir en selle. Son joli visage un peu joufflu est rouge d'émotion.

— Oh ! non ! gémit-elle lorsque, enfin, elle est parvenue à calmer sa monture. Ce qui vient de se passer porte malheur, vous savez !

— Au moins tu n'es pas tombée par terre, remarque sa cousine en riant. Tu as plutôt eu de la chance !

Marion est aussi mince et sportive que Bess est ronde et timorée, et elle la taquine souvent à ce sujet.

— D'ailleurs, ce n'était même pas un chat noir, fait remarquer Alice à son tour, il était tigré !

— Tu as raison... N'empêche, il m'a fait une belle frayeur !

La détective sourit, et, laissant la jolie blonde reprendre son souffle, se tourne vers Marion :

— Alors, tu allais nous dire quelque chose juste avant l'apparition de cet animal ?

— Je voulais te donner ceci. Quelqu'un l'a apporté pour toi.

La brunette tire de la poche de sa culotte de cheval un bout de papier froissé.

— Tu te souviens, tout à l'heure, quand vous étiez déjà en selle, j'ai dû retourner à ta voiture pour prendre ma bombe que j'avais oubliée. Eh bien, j'ai trouvé ce message glissé sous l'essuie-glace. Désolée de ne pas y avoir pensé plus tôt.

Alice examine la feuille chiffonnée avec curiosité. Son nom y est inscrit en lettres majuscules, au crayon noir. Elle la déplie et lit :

ATTENTION !
SI LA POLICE DE RIVER CITY
VEUT VOUS EMPLOYER,
REFUSEZ !
VOUS POURRIEZ AVOIR DES ENNUIS !

— Quelque chose ne va pas ? questionne Bess, alarmée par l'expression de son amie.

Pour toute réponse, la jeune héroïne leur tend le billet. Marion fronce les sourcils.

— Tu crois que c'est sérieux ?

La détective hausse les épaules.

— C'est peut-être une mauvaise blague. De toute façon, je montrerai cette missive aux policiers.

Puis elle sourit et ajoute rapidement :

— Allez, n'y pensons plus et dépêchons-nous ! Si on veut trouver les membres du club de Ned et connaître l'endroit où ils ont l'intention de tourner leur film, on ferait mieux d'arrêter de bavarder !

Les trois cavalières remettent donc leurs montures sur le chemin et partent au trot. C'est une belle journée ensoleillée, et elles ont été invitées ce samedi après-midi, au manoir Grimsby, tout au fond de la forêt de Brookvale. L'ami d'Alice, Ned Nickerson, a convaincu M. Ullman, le promoteur immobilier qui possède cette demeure, de laisser le ciné-club de son université y tourner un court-métrage. Alice doit jouer l'un des rôles principaux.

— Parle-nous un peu de ce film, lance Bess. Est-ce vrai qu'il y aura des vampires ?

— En fait, c'est plutôt un film comique. Ned a voulu faire une satire de film d'horreur !

— Ça va être très drôle, approuve Marion. C'est lui qui a écrit le scénario ?

La détective incline la tête :

— Oui, il a même dû le faire assez vite : son équipe voulait participer à un festival, mais la date limite pour postuler étant assez proche, il leur a fallu rédiger très rapidement un script pour pouvoir se qualifier.

Elle ajoute qu'un autre étudiant, nommé Lenny Arthur, a lui aussi proposé un scénario mais que les membres du ciné-club ont préféré retenir celui de Ned.

— Dommage qu'il n'ait pas écrit un polar, plaisante Bess. Tu aurais pu jouer le rôle du détective !

Alice est une jolie jeune fille aux cheveux blonds. Son intelligence et son intérêt pour les gens lui ont permis de développer un véritable talent pour résoudre des mystères. Son père est un célèbre avocat de la ville de River City où ils habitent, et la jeune fille l'aide parfois à démêler les affaires juridiques délicates.

— Justement, il y a bien une petite énigme autour

de ce manoir où le film sera tourné... confie-t-elle à ses amies.

— Ne nous dis pas qu'il est hanté ! s'exclame Marion en lançant un regard malicieux en direction de sa cousine. Sinon Bess ne voudra jamais approcher !

Cette dernière lui fait une grimace en retour.

— Ne t'inquiète pas, assure la jeune héroïne. Aucun risque d'être assaillies par des fantômes ! Non, la question est de savoir si la demeure est réellement inhabitée. Quand Ned et M. Ullman, le promoteur immobilier, sont entrés hier, ils ont eu tous deux l'impression que quelqu'un y était venu récemment.

— Comment ça ? Il y avait des signes d'effraction ?

— Non, pas vraiment. Et c'est une partie du mystère. Le manoir était fermé comme d'habitude, et pourtant, il semblait que plusieurs objets avaient été déplacés et que la poussière avait été enlevée des meubles à certains endroits...

Bess frissonne :

— Le lieu n'est peut-être pas hanté, mais cette histoire me paraît déjà assez effrayante !

Cependant, les jeunes filles viennent de s'engager sur la piste cavalière qui conduit au manoir Grimsby. L'imposante bâtisse se détache des arbres. Il est impossible de nier son apparence sinistre en dépit du beau soleil qui tente de percer l'épais feuillage de la forêt.

De style victorien, la demeure compte trois étages

de pierre grise, avec des tourelles aux angles et un toit mansardé. L'agent immobilier a appris à Ned que sa construction remonte à plus d'un siècle.

— Ça se voit ! commente Marion.

Plusieurs voitures sont garées dans la cour pavée et envahie de mauvaises herbes, qui s'étend entre le manoir et ses dépendances, écuries et communs. Un petit groupe de gens discute à proximité.

— Voilà Ned ! s'exclame Alice, tandis qu'un garçon vêtu d'un jean et d'un tee-shirt s'avance en agitant la main dans leur direction.

La détective lui sourit et va à sa rencontre.

Ned est étudiant à l'université d'Emerson, mais il a décidé de suivre pendant l'été un stage de cinéma à l'université de Westmoor, tout près de River City. En peu de temps, il a formé un club, en compagnie d'autres étudiants, et c'est lui qui a eu l'idée de participer à cette compétition. La récompense, attribuée au film lauréat par une maison de production réputée, permettrait aux cinéastes amateurs de s'équiper en matériel professionnel.

— Qui est ce type, à côté de Ned ? chuchote Bess à l'oreille d'Alice. Il n'est pas mal !

— Aucune idée. Je ne l'ai jamais vu.

L'homme doit avoir la quarantaine, mais il paraît plus jeune. Sa chevelure blonde contraste avec son visage bronzé aux traits décidés. Il porte un léger blouson de coton, un polo bleu marine et un pantalon blanc.

— Salut, les filles ! s'exclame Ned, comme les trois amies arrêtent leurs montures et mettent pied à terre. Je vous présente M. Tony Traynor, le metteur en scène d'*Étoile du Matin* et de *La Ville enchantée.*

Alice tend la main avec enthousiasme :

— Oh ! Bonjour, monsieur Traynor, enchantée de faire votre connaissance. J'ai beaucoup aimé vos films, je les ai vus tous les deux !

Ce dernier lui sourit, visiblement flatté.

— Merci. La critique a, en effet, été élogieuse pour moi, mais aucun des deux n'a rapporté beaucoup d'argent, et je suis obligé de tourner des spots publicitaires pour gagner ma vie. Mais je veux vous complimenter à mon tour, mademoiselle Roy, pour votre grand talent de détective !

La jeune héroïne rougit.

— Tony a eu la gentillesse de venir nous donner quelques précieux tuyaux pour la réalisation de notre court-métrage, explique son compagnon.

Pendant ce temps, les huit autres membres du ciné-club se sont approchés, et Ned poursuit les présentations. Alice en connaît déjà quelques-uns, notamment une fille rousse du nom de Gwen Jethro et son ami, Lenny Arthur – l'étudiant dont le scénario a été repoussé.

— Tu as déjà mémorisé ton texte ? demande Gwen à la détective d'un ton acide.

— Non, pas encore. Mais j'ai eu l'occasion de jouer une ou deux fois avec la troupe des « Footlighters » et je crois que je peux apprendre assez vite.

Les « Footlighters » sont une troupe de théâtre

amateur de River City. Gwen retrousse la lèvre avec dédain.

— Hum, persifle-t-elle, ce n'est pas pareil de défendre un rôle devant une caméra et de faire du théâtre dans une troupe de troisième ordre !

— Je ne suis pas de votre avis, intervient Tony Traynor. Je trouve, au contraire, qu'il y a parmi les « Footlighters » de très bons acteurs. J'ai assisté à quelques-uns de leurs spectacles.

— Ah ! Vraiment ? réagit la rouquine.

Malgré le désaveu de M. Traynor, elle paraît enchantée d'avoir attiré son attention. Elle porte un grand miroir rond, destiné à être utilisé dans le film pour montrer que les vampires n'ont pas de reflet. Sentant le regard de Tony posé sur elle, elle tourne légèrement sur ses talons et s'éloigne d'une démarche maniérée, tout en étudiant du coin de l'œil sa silhouette dans la glace. Elle croit sans doute que son petit jeu passe inaperçu, mais tout le monde comprend vite qu'elle cherche à se faire remarquer par le metteur en scène.

— Cette fille m'horripile ! marmonne Marion en la suivant du regard.

Gwen est tellement occupée à travailler ses gestes et son déhanché, qu'elle n'a pas conscience de s'engager sur un terrain dont la pente s'accentue brutalement jusqu'à un énorme rocher qui émerge du lit d'un ruisseau. L'étudiante, soudain, trébuche et perd l'équilibre.

— Attention ! hurle un jeune homme du nom de

Phil Jordan, qui fait office d'accessoiriste pour le film.

Il se précipite pour l'aider, mais il est trop tard. Le miroir a échappé des mains de Gwen et dévale la pente à toute vitesse.

— Oh ! non ! s'exclame Phil avec effroi.

Alice a déjà sauté en selle et détale avec son cheval à la poursuite du miroir. Elle réussit à le dépasser et, bondissant à terre, elle le cueille dans ses bras, au moment où il va atteindre le rocher.

Des acclamations et des applaudissements saluent cet exploit.

— Bien joué ! félicite Ned.

— On aurait dit un numéro de haute voltige ou de cascadeur, renchérit l'accessoiriste en souriant.

— Merci, souffle la détective en lui rendant le précieux objet.

Le regard de Tony Traynor reste fixé pensivement sur elle.

— Mademoiselle Roy, articule-t-il enfin, je prépare un clip publicitaire pour la télévision, dans lequel il y aura une jeune fille à cheval. Aimeriez-vous tenir ce rôle ?

Alice est stupéfaite.

— C'est-à-dire... C'est très gentil à vous de me le proposer, mais je ne pense pas en être capable. Je ne suis pas une professionnelle...

— Ça, c'est à moi d'en juger, rétorque-t-il. Et je suis certain que vous vous en sortiriez très bien !

— Dans ce cas, je vais y réfléchir...

— Regarde la tête de Gwen Jethro, chuchote

Bess à l'oreille de Marion. Elle est verte de jalousie.

— En plus, tout est de sa faute ! souligne sa cousine en pouffant de rire.

Ned propose une visite des différentes pièces du manoir dans lesquelles on tournera des scènes du film. À la suite de quoi, l'équipe pourra commencer le nettoyage des lieux.

— Beaucoup de meubles ont été vendus au cours des années, mais il en reste largement assez pour faire un beau décor.

Le jeune homme sort de sa poche l'énorme clef que lui a remise la société immobilière et ouvre la porte d'entrée. Puis, il pénètre le premier dans le vestibule.

Une forte odeur d'humidité, de poussière et de bois pourri les assaille. Les tapis sur le carrelage sont en très mauvais état, et l'ensemble paraît abandonné, mais Alice n'en admire pas moins la rampe d'escalier en bois sculpté et le plafond à caissons. Malgré la poussière qui recouvre le mobilier, elle constate que celui-ci est de bonne qualité. La jeune héroïne s'arrête quelques secondes devant un tableau représentant une scène de chasse à courre.

— Ce cheval me rappelle Prince Noir, annonce-t-elle en désignant un détail de la peinture, le cheval que je monte souvent au centre d'équitation de River City.

— Oooh ! gémit Bess, en ouvrant prudemment la porte d'une vieille armoire, rien qu'à l'odeur, on peut être sûr que cet endroit grouille de fantômes !

— C'est vrai qu'un peu d'air frais ne ferait pas de mal, si c'est ce que tu veux dire ! ajoute Marion avec une grimace.

Leurs voix résonnent en écho à travers les pièces à demi vides. Plusieurs membres du petit groupe se sont mis à marcher sur la pointe des pieds comme s'ils craignaient de déranger quelque esprit séjournant dans le vieux manoir. Mais les plus aventureux, Marion en tête, partent en avant des autres.

— Ce lieu sera parfait pour un film de vampires, approuve Alice. On ne pouvait pas rêver mieux.

— Oui, il a une certaine « atmosphère », renchérit Tony Traynor en époussetant une toile d'araignée de son épaule.

Soudain, un cri les fait sursauter. Celui-ci provient de la salle à manger juste au-dessus de leurs têtes.

— C'est Marion ! s'écrie la détective.

Ses compagnons s'élancent à sa suite dans l'escalier, jusqu'au premier étage.

— Regardez... murmure Marion d'une voix faible, le doigt pointé sur une table d'acajou.

Un message a été grossièrement tracé dans la poussière qui recouvre la surface :

AVIS AUX INTRUS !
LA MORT SERA LE CHÂTIMENT
RÉSERVÉ À TOUS CEUX
QUI TROUBLERONT LA PAIX
DE CE VIEUX MANOIR !

chapitre 2

Un mystérieux appel

Il y a un long moment de silence tandis que les jeunes gens et leurs invités découvrent à tour de rôle le message. Puis, tout le monde se met à parler en même temps. La plupart pensent qu'il s'agit d'une blague.

— Quelqu'un doit bien s'amuser, en ce moment ! lance une fille du nom de Sandy White, en se tournant vers ses camarades.

— Alors, qui a fait ça ? ajoute Phil Jordan en examinant l'un après l'autre les visages rassemblés autour de la table. Passez aux aveux !

Mais ses paroles ne font que déclencher l'hilarité du petit groupe. Seuls Gwen Jethro et Lenny Arthur semblent prendre la mystérieuse menace au sérieux.

— Moi, je crois qu'il vaut mieux quitter le manoir, déclare la rouquine avec nervosité. On pourra toujours trouver un autre lieu.

— Elle a raison, commente Lenny. Ce n'est pas la peine de s'attirer des ennuis.

Mais Ned proteste aussitôt :

— Non, voyons, il n'existe aucune maison comme celle-ci dans les environs. Et n'oubliez pas qu'on est pressés par le temps. Moi, je pense que c'est une farce. Tu ne crois pas, Alice ?

Cette dernière secoue la tête, une expression pensive sur son joli visage.

— À mon avis, on doit être prudents mais ne pas se laisser impressionner.

— Allez ! Dépêchons-nous, reprend Ned. Terminons la visite. Ensuite, je propose qu'on se mette à nettoyer le sol de la cuisine.

— Bonne idée, approuve Marion. Au travail !

Tony Traynor frappe dans ses mains :

— Je suis obligé de vous quitter. J'ai un rendez-vous dans une demi-heure en ville. Alice, je vous rappellerai dès que possible pour ce projet de clip publicitaire. Je suis certain que vous serez parfaite et que vous répondez tout à fait à ce que recherchent les clients. Au revoir, tout le monde. J'essaierai de revenir vous voir lorsque vous aurez commencé à tourner votre film !

Lenny, Gwen et une autre fille sont toujours opposés à l'idée de rester au manoir. Aussi préférèrent-ils partir en même temps que le metteur en scène.

Bien que ne faisant pas partie du ciné-club, Alice et ses amies ont décidé d'aider les étudiants. L'une des premières tâches à laquelle les jeunes gens s'attellent est d'ouvrir tous les vieux volets et de soulever les cadres vermoulus des fenêtres afin de laisser entrer un peu d'air frais dans la demeure.

Après une bonne heure de récurage, les trois amies remontent en selle pour partir.

— J'espère que tu n'oublies pas notre rendez-vous de ce soir, rappelle Ned à Alice, en les raccompagnant.

— Je n'oublie pas, sourit-elle. À tout à l'heure !

Il est déjà tard lorsqu'elles ramènent leurs chevaux aux écuries. Elles se dépêchent donc de rentrer chez elles, en voiture. Bientôt la détective s'engage dans l'allée qui conduit à la maison des Roy. Elle se gare devant le perron et entre en courant dans la cuisine.

Sarah Berny, la cuisinière, se tourne vers elle, une spatule de bois à la main. Elle s'occupe de la maison depuis la mort de Mme Roy, survenue lorsque Alice était âgée de trois ans à peine.

— Il y a eu un coup de téléphone pour toi cet après-midi, ma chérie. Une voix d'homme. Il a dit qu'il avait besoin de ton aide pour résoudre une énigme. Mais il n'a pas laissé son nom. Il a dit qu'il rappellerait.

L'éventualité d'une enquête suffit à exciter l'imagination d'Alice :

— J'ai hâte de savoir ce que c'est ! se réjouit-elle.

Puis, elle jette un coup d'œil sur la pendule :

— Il faut que je me prépare vite. Ned m'emmène dîner et ensuite on va à la soirée organisée par l'université de Westmoor.

Moins d'une heure après, la jeune fille est prête et accueille son compagnon dans l'entrée. Celui-ci pousse un sifflement admiratif.

— C'est vrai que cette robe te va à ravir, approuve Sarah. Et tu es très bien coiffée !

Alice la remercie d'un sourire.

— Hmm ! Ça sent bon ! fait remarquer Ned en jetant un regard gourmand en direction des fourneaux.

Le visage de Sarah rosit de plaisir.

— Je serais enchantée que vous changiez votre programme et que vous restiez ici pour dîner.

— C'est bien tentant, je vous remercie, répond l'étudiant, mais j'ai déjà réservé une table au restaurant.

Il consulte sa montre.

— D'ailleurs, il est temps d'y aller !

Tout en dégustant un délicieux repas de fruits de mer et de poisson, les deux amis parlent du film de Ned et de la manière de réaliser certaines scènes difficiles. Ils en sont au dessert lorsque le jeune homme questionne :

— Alice, qu'est-ce que tu penses de ce message sur la table ?

— Je ne sais pas trop. J'ai surtout trouvé la réaction de Gwen et de Lenny très étrange. On aurait dit qu'ils voulaient décourager le reste de l'équipe.

Elle se tait un instant, puis reprend lentement :

— Tu m'as bien dit que Lenny était furieux que son scénario n'ait pas été choisi ? Eh bien, je me demande si... Tu crois qu'il a pu écrire lui-même ce message ?

L'autre réfléchit.

— Ce n'est pas impossible. J'essaie de me souvenir dans quel ordre on est arrivés au manoir Grimsby. Voyons, j'étais là le premier puisque j'avais la clef. Puis les deux voitures avec les autres membres du club sont arrivées quelques minutes après. Tony suivait à un quart d'heure à peu près. Enfin, Bess, Marion et toi, vous êtes arrivées à cheval par la forêt.

— Hum, ça ne laissait donc aucune chance à Gwen ou à Lenny d'agir. J'ai quand même le sentiment qu'on devrait les surveiller. Mais, après tout, c'est peut-être seulement par paresse qu'ils ne sont pas restés pour aider !

Puis, Alice évoque le mystérieux coup de fil qu'elle a reçu plus tôt. Le correspondant n'a laissé ni nom ni numéro de téléphone. Ils se demandent s'il y a un rapport avec les événements de l'après-midi.

La salle est déjà bondée lorsqu'ils arrivent à la soirée de Westmoor. Un groupe de musiciens prend place sur l'estrade et les guitaristes accordent leurs instruments, au milieu du brouhaha. Alice et son compagnon sont accueillis par leurs camarades, mais ils remarquent aussitôt la présence d'autres invités, et notamment de plusieurs membres du ciné-club de Burnside, une petite ville voisine.

— Eux aussi, ils sont en compétition pour le festival, murmure Ned avec une grimace comique. Je parie qu'ils sont venus ici pour nous espionner !

— Faisons passer le message, plaisante la détective en riant à son tour. Il ne faut pas les perdre de vue !

La musique commence et Ned entraîne son amie sur la piste. À un moment, ils se trouvent très près de Gwen Jethro et Lenny Arthur qui leur lance un regard hostile, avant de parler avec sa compagne en les désignant ostensiblement.

— Je n'aime pas beaucoup ça, murmure Alice. Ces deux-là nous mijotent quelque chose.

Mais elle oublie rapidement l'incident pour ne plus se consacrer qu'au plaisir de la soirée.

Plus tard, le jeune professeur Walter Barnes, qui a accepté les fonctions de conseiller du ciné-club et de producteur du film, invite la détective à danser :

— Je suis désolé que vous ne puissiez jouer dans notre film, Alice, confie-t-il, à la grande stupeur de la jeune fille. Je suis certain que vous auriez été parfaite.

Elle le regarde, croyant un instant qu'il veut plaisanter :

— Mais, je pensais tenir le rôle...

— Comment ? On m'a fait savoir que vous ne seriez pas libre, insiste le professeur Barnes, en fronçant les sourcils. J'ai donc attribué le rôle à Gwen Jethro...

Il explique alors qu'il a passé l'après-midi de samedi dans son bureau, pour corriger des copies, et qu'il a trouvé sur sa table un billet non signé, dans lequel on l'informait qu'Alice ne serait pas en mesure de jouer dans le film, car elle était déjà engagée pour un spot publicitaire à la télévision.

— Je vous assure que rien n'est décidé encore pour ce clip, déclare la jeune héroïne. Et, de toute façon, il n'était pas question pour moi de l'accepter à la place du projet de Ned !

Le professeur Barnes la considère avec étonnement, visiblement très ennuyé :

— Alors vous n'étiez pas au courant de ce contrordre ? Je vais essayer de rattraper cela, mais malheureusement, je viens d'envoyer le formulaire d'inscription pour la compétition et le nom de Gwen Jethro figure sur la liste pour le premier rôle.

Il ne sait comment s'excuser :

— Je vais voir si je peux changer la distribution, mais c'est très embêtant : j'ai déjà dû demander une autorisation spéciale aux organisateurs pour inscrire notre club après la date limite du 30 juin. J'espère que je n'aurai pas à vous décevoir, Alice.

Le concert s'achève et les musiciens descendent de leur estrade pour se reposer. Ned et Sandy White, qui est aussi membre du club, rejoignent Alice et Barnes. Ceux-ci les informent de ce qui est arrivé.

— Pas possible ! s'exclame Sandy. Qui a pu faire une chose pareille ?

Mais quand la détective rencontre son regard, elle comprend qu'il n'y a pas plus de doute dans l'esprit de l'étudiante que dans le sien sur l'identité des coupables.

— C'est vraiment navrant, ajoute Ned. Vous croyez qu'on peut encore faire quelque chose ?

— Nous essaierons, c'est tout ce que je peux dire, répond l'enseignant avant de quitter le petit groupe.

Les jeunes cinéastes se dirigent vers le buffet où sont servis les rafraîchissements. Alice sent peser sur elle le regard triomphant de Gwen, le même qu'elle a échangé un peu plus tôt avec Lenny.

Malgré sa déception, la détective décide de ne pas se laisser abattre. Elle est sûre que le professeur Barnes fera tout son possible. Il n'y a plus qu'à attendre.

Peu après, les trois amis sont rejoints par Kate Davis, une jeune femme brune dynamique, accompagnée de son mari. Elle est professeur d'informatique à l'université de Westmoor. C'est elle qui a aidé le ciné-club à obtenir le manoir.

— Bonsoir, Ned. Alors, comment s'est passé ton rendez-vous avec M. Ullman, le promoteur immobilier ?

— Très bien, grâce à vous, réagit le garçon.

— Il a accepté de vous prêter Grimsby ?

— Oui, on lui a promis de remettre les lieux en état pour le remercier.

Puis il présente Sandy et Alice.

— Madame Davis, demande cette dernière, vous savez si d'autres personnes ont la possibilité de pénétrer dans la demeure, en dehors de M. Ullman ?

— Non, je ne crois pas. Cet endroit est inhabité depuis très longtemps. Pourquoi ?

La détective lui parle alors du message menaçant qu'ils ont découvert sur la table d'acajou.

— C'est étrange...

L'enseignante a l'air très étonné.

— Je me souviens que, l'an dernier, M. Ullman avait surpris quelques vagabonds qui dormaient là. Mais il a dû faire changer les serrures depuis. Il pourrait certainement vous en dire plus que moi, à ce sujet.

Quand Ned et sa compagne regagnent la piste de danse, la jeune fille annonce son intention de se renseigner sur ces vagabonds dont a parlé Mme Davis.

— Et il faudra aussi demander à Ullman s'il y a eu d'autres intrus dans le manoir depuis... ajoute-t-elle.

— Bonne idée !

La soirée s'achève et Ned raccompagne Alice chez elle. Ils roulent sur la grande route qui longe la forêt de Brookvale lorsque, soudain, la détective pousse un hurlement d'horreur.

Au-dessus de la cime des arbres, le ciel s'est mis à rougeoyer.

— On dirait qu'il y a un incendie ! Et c'est dans la direction du manoir Grimsby !

chapitre 3

Un champion a disparu

— Tu as raison ! C'est un incendie ! s'exclame Ned à son tour. Vite, allons voir !

Il donne un coup de volant à droite et prend la route qui conduit à travers la forêt jusqu'au manoir Grimsby. La voiture roule à vive allure, malgré les cahots de la chaussée accidentée, et ils sont bientôt sur les lieux.

Le cœur d'Alice se serre lorsqu'elle voit l'écurie, derrière la maison, déjà dévorée par les flammes.

— Qu'est-ce qu'on doit faire ? On peut encore la sauver ? se désole-t-elle.

— Je crains que non. Mais heureusement le manoir n'est pas encore touché !

Le petit ruisseau au bas de la pente est à sec, mais il y a un vieux puits dans le jardin. Ned se précipite et se penche par-dessus la margelle. Tout au fond, la lune se reflète faiblement sur la surface noirâtre.

— C'est bon ! Il y a de l'eau ! hurle-t-il.

Il laisse tomber le seau au fond de la cavité. Mais avant qu'il n'ait eu le temps de le remonter, ils entendent le son lointain d'une sirène.

— Ouf ! soupire la détective. Quelqu'un d'autre a aperçu le feu et a prévenu les pompiers !

Son compagnon a déjà jeté des seaux d'eau sur les flammes sans résultat lorsque l'énorme camion rouge apparaît tous phares allumés à la lisière de la forêt. Les pompiers se mettent aussitôt au travail. En quelques secondes, un tuyau est déployé depuis la citerne, et bientôt un puissant jet arrose les hangars.

Alice et Ned, retenant leur souffle, voient l'incendie faiblir peu à peu, et finalement s'éteindre complètement. Malgré la rapidité de l'intervention, il ne reste plus de l'écurie qu'une carcasse calcinée. Quelques arbres voisins ont aussi été touchés, mais par chance l'une des remises, à quelques mètres de là, est intacte.

— Que s'est-il passé ? demande le capitaine des pompiers aux deux amis, lorsque ses hommes commencent à enrouler les tuyaux autour de leur support.

— Aucune idée, confie Ned. On était sur la route départementale, on rentrait de la soirée de Westmoor, quand on a entrevu cette lueur au-dessus des arbres. On est venus aussitôt voir ce que c'était.

— Vous avez vu quelqu'un aux alentours ?

— Non, personne. L'écurie était déjà en flammes quand on est arrivés. La personne qui a provoqué cet incendie, accidentellement ou volontairement, a eu tout le temps de quitter les lieux.

Ce terrible incident a jeté une ombre sur la soirée du jeune couple.

— Tu crois que quelqu'un a réellement pu mettre le feu exprès ? murmure la détective, tandis qu'ils rentrent enfin chez eux.

L'autre hausse les épaules avec embarras.

— Très franchement, je ne vois pas *comment* il pourrait en être autrement. Je veux bien croire qu'il y ait des risques de combustion dans une grange remplie de foin : en été, quand il fait très chaud, il suffit d'un rien pour que les ballots prennent feu. Mais Grimsby n'est pas une ferme ! Les écuries du manoir étaient vides depuis des années, alors pourquoi cet incendie ?

Alice fronce les sourcils, perplexe.

— Je ne sais pas non plus. Les vagabonds sont peut-être revenus ?

Le lendemain, dimanche, Bess Taylor rejoint Alice chez elle pour un copieux petit déjeuner.

— Tu as entendu parler de l'incendie qui a pris hier soir au manoir Grimsby ?

La détective hoche la tête et sert un bol de café à son amie.

— Oui, c'est Ned et moi qui l'avons découvert.

— Vraiment ? C'est grave ? Est-ce que ça va poser des problèmes pour le film ?

— J'espère que non. Dans mon souvenir, aucune scène n'était prévue dans les écuries ni aux alentours. Je sais qu'il y a une importante scène de nuit à l'extérieur du manoir, mais j'imagine que Ned peut placer sa caméra à un endroit d'où on ne verra pas les bâtiments brûlés.

À ce moment, le téléphone sonne et Sarah apparaît à la porte de la salle à manger.

— C'est pour toi, ma chérie. Je crois que c'est ce monsieur qui t'a déjà appelée hier.

— Celui qui a une énigme à me proposer ?

— Exact ! confirme la cuisinière avec un clin d'œil.

— Merci ! J'y vais tout de suite !

La jeune héroïne bondit sur ses pieds et s'essuie les lèvres avec sa serviette.

— Qu'est-ce que c'est que ça, encore ? questionne Bess en écarquillant les yeux.

— Aucune idée, répond la détective, mais je te ferai un rapport complet dès que j'aurai raccroché !

Elle court au téléphone et saisit le combiné.

— Allô ? fait-elle.

— Bonjour. Mon nom est Roger Harlow, répond une voix chaleureuse. Je suis le propriétaire d'un élevage de chevaux au ranch Rainbow situé à l'extérieur de la ville, sur Aurora Road. Vous le connaissez peut-être ?

— Oui, je vois très bien. Je passe souvent devant.

— J'ai beaucoup entendu parler de vous, mademoiselle Roy, et de vos talents d'enquêtrice. Bien sûr, je connais aussi votre père de réputation, un des meilleurs avocats de la région, mais ce n'est pas pour cela que j'appelle aujourd'hui. Il se trouve que je suis à la recherche d'un détective privé pour une affaire délicate, et je me demandais si vous accepteriez de vous en charger. Jc vous verserai une généreuse rémunération, bien sûr.

Alice explique aussitôt qu'elle résout les mystères pour son plaisir et pour rendre service, mais non pour de l'argent.

— J'insiste, persévère son interlocuteur. Tout travail mérite salaire ! Si vous ne voulez pas de cette paye, vous la donnerez à quelqu'un qui en a besoin.

— Bon. De quoi s'agit-il exactement ?

Son correspondant semble hésiter :

— Je préférerais ne pas vous en parler au téléphone. Je serais heureux de vous rencontrer. Accepteriez-vous de venir prendre le thé au ranch, cet après-midi ?

La jeune fille accepte l'invitation et Roger Harlow paraît très satisfait :

— Dans ce cas, disons cinq heures, cela vous convient ? Parfait ! Je serai ravi de faire votre connaissance.

Curieuse, Bess trépigne dans la salle à manger. Enfin, Alice revient et lui rapporte en détail sa conversation.

— Le ranch Rainbow ? réagit son amie. Ce n'est pas là qu'un cheval de course a été volé récemment ?

— Oui, je crois. Mais Harlow ne m'a pas précisé si c'était le problème dont il voulait que je m'occupe.

Un peu avant cinq heures, la détective franchit le porche du ranch au-dessus duquel un panneau de fer forgé porte l'inscription *Rainbow.* Elle se dirige vers une imposante bâtisse dont la terrasse repose sur de larges colonnes blanches.

Une employée lui ouvre la porte et la conduit au salon. M. Harlow apparaît au bout de quelques secondes et lui tend cordialement la main. C'est un bel homme, d'une soixantaine d'années, vêtu d'un costume de tweed.

— Comme c'est gentil à vous d'être venue, Alice, en dépit des maigres explications que je vous ai fournies au téléphone !

L'enquêtrice sourit.

— Je suis toujours partante quand il y a un mystère à résoudre !

— Asseyez-vous, je vous prie.

Aussitôt que le thé est servi, le propriétaire du ranch reprend :

— Je ne sais pas si Tony Traynor vous a précisé que le spot publicitaire qu'il doit tourner se fera ici, sur mes terres ?

— Non, je ne le savais pas ! s'exclame Alice avec surprise.

— En fait, c'est son coup de fil d'hier et l'évocation de votre nom qui m'ont fait penser à vous téléphoner, à propos du vol d'Étoile Filante.

— Votre cheval de course ?

— Oui, mon champion de deux ans. Je l'ai baptisé ainsi parce qu'il a une marque blanche sur le côté droit, qui ressemble à une étoile filante.

Le visage de l'homme a changé d'expression tandis qu'il évoque son pur-sang, et montre à quel point il est préoccupé par cette disparition.

— Quand a-t-il été enlevé ? interroge la jeune fille.

— Le 4 juillet, le soir de la fête nationale. Et je suis certain que ce n'est pas par hasard !

M. Harlow ajoute qu'en effet, cette nuit-là, il n'y avait presque personne au ranch : la plupart des employés s'étaient rendus dans un parc voisin pour contempler le feu d'artifice.

— Vous avez reçu une demande de rançon de la part des voleurs ?

— Non. Pas le moindre signe. Je ne dispose donc d'aucun indice sur les motifs du vol.

La détective fronce les sourcils, absorbée dans ses pensées.

— Je crois qu'Étoile Filante devait courir le Grand Prix de River City, c'est bien ça ?

— En effet, et je ne serais pas surpris s'il y avait un lien avec ce vol. Je peux dire en toute franchise que la plupart des experts et des pronostiqueurs donnaient Étoile Filante gagnant.

Une expression de colère assombrit de nouveau son visage.

— Ah ! Si je tenais ceux qui ont fait ce coup-là !

Alice réfléchit toujours. Elle se rend compte soudain que le ranch Rainbow est situé en bordure de la forêt de Brookvale.

— Vous savez s'il y a eu d'autres vols dans la région ? questionne-t-elle. Je veux dire dans d'autres propriétés comme la vôtre ou dans des maisons autour de la forêt ?

— Oui, il y en a eu. Vous avez dû en entendre parler dans les journaux. Mais c'étaient des vols d'argent ou de bijoux. C'est tout autre chose de capturer un cheval vigoureux, de cette taille. Je doute qu'il s'agisse des mêmes voleurs.

À ce moment, leur conversation est interrompue par l'entrée de la jeune employée :

— Tony Traynor vous demande au téléphone, monsieur.

Harlow s'excuse et sort de la pièce. Il réapparaît quelques minutes après.

— J'ai dit à Tony que vous étiez ici et il voudrait vous parler, annonce-t-il en souriant. Il a sans doute une bonne nouvelle pour vous.

Alice prend le combiné, le cœur battant.

— Allô ? fait-elle.

— Bonjour ! Il semblerait que ce spot publicitaire se fasse plus tôt que prévu. J'ai déjà proposé votre nom à l'agence. Ils m'ont donné leur accord, mais ils veulent tout de même vous rencontrer et faire quelques photos afin de les montrer au client. Pourriez-vous venir de nouveau au ranch demain matin, disons vers neuf heures ? J'y serai avec mon équipe pour des repérages.

— Oui, bien sûr ! répond la jeune fille avec enthousiasme. J'espère seulement que je ne vous décevrai pas !

À l'autre bout de la ligne, Traynor se met à rire.

— Allons ! Ne vous inquiétez pas ! Mes clients

seront ravis de découvrir à quel point vous êtes faite pour ce rôle !

La détective raccroche et reprend sa conversation avec M. Harlow. Celui-ci lui promet de lui faire visiter les écuries le lendemain matin, lorsqu'elle viendra pour la séance photo.

— Si vous le souhaitez, je vous donnerai aussi des détails supplémentaires sur les circonstances du vol. Pour l'instant, je pense que cela suffit. Je suis ravi que vous acceptiez de vous occuper de cette affaire, en tout cas.

Alice se lève pour partir. En se retournant, elle est frappée par la beauté d'un grand portrait de femme, accroché au-dessus de la cheminée de marbre.

— Ce tableau est magnifique ! s'extasie-t-elle.

Puis, s'adressant à son hôte :

— Qui c'est ?

— Ma femme, Cinthya, révèle-t-il. Ce portrait a été peint il y a près de vingt ans. Elle est morte au printemps dernier.

La voix de M. Harlow faiblit sur ces derniers mots et Alice comprend à quel point il a aimé sa femme. Elle s'approche de la cheminée pour examiner la toile de plus près. C'est alors qu'elle remarque un somptueux bijou, attaché en broche sur la robe de la jeune femme.

— Je n'ai jamais vu de pierre aussi belle ! murmure-t-elle avec admiration.

L'homme paraît flatté qu'elle l'ait remarquée :

— Ah, oui ? sourit-il. J'ai offert cette opale à

Cinthya pendant notre voyage de noces en Australie et elle l'a toujours préférée à tous ses autres bijoux. Nous l'aimions tous les deux ! En fait, c'est même d'après ce joyau que nous avons baptisé notre maison le ranch Rainbow. Parce qu'elle contient les couleurs de l'arc-en-ciel...

— C'est un bien joli nom en effet ! approuve la détective.

La jeune fille vient à peine de se garer devant chez elle que Sarah surgit à la porte d'entrée :

— Vite, Alice, Ned est au téléphone !

Avant même de lui parler, la jeune héroïne a l'intuition que son ami lui apporte une mauvaise nouvelle :

— Allô ? fait-elle. Qu'est-ce qu'il y a ? Il s'est passé quelque chose de grave ?

— Oui, il y a de gros problèmes depuis l'incendie au manoir Grimsby ! On nous accuse d'avoir mis le feu !

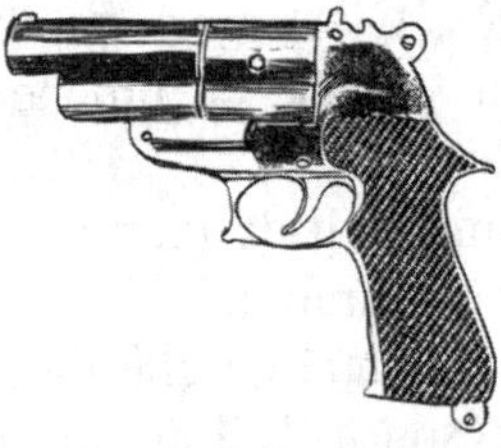

chapitre 4

Curieux comportement

— M. Ullman est furieux, poursuit Ned. Il accuse notre club d'imprudence. Il affirme qu'il ne s'était rien passé au manoir depuis des années, jusqu'à ce qu'on arrive...

Alice est aussi désolée que son compagnon par l'attitude du promoteur, mais elle fait remarquer :

— Je crois qu'il fallait s'attendre à une telle réaction. Les faits jouent contre nous. Et d'ailleurs, est-ce que tu peux vraiment affirmer qu'il n'y a eu aucune négligence de la part des membres du club ?

— Bien sûr ! J'ai assuré à Ullman qu'aucun d'entre nous ne fumait et qu'on ne transportait ni briquet ni rien qui puisse causer un incendie ! Mais il n'a rien voulu entendre et il veut nous empêcher de rester au manoir pour tourner, maintenant.

— Oh ! non !

— Je n'aurai jamais le temps de retrouver un aussi bon décor que le manoir Grimsby... On n'aura plus aucune chance de finir le film à temps.

L'étudiant paraît découragé. Alice le réconforte.

— Écoute, rien n'est encore perdu, il ne faut pas désespérer. On doit seulement convaincre M. Ullman que le ciné-club n'y est pour rien.

— Plus facile à dire qu'à faire ! réplique l'autre.

Mais Ned a déjà repris le dessus. Il ajoute :

— Tu déjeunes avec moi, demain ? On reparlera de tout ça.

— Oui, parfait. On trouvera bien une solution.

Le lendemain matin, le temps est toujours aussi chaud et ensoleillé. Après le petit déjeuner, la détective enfile une culotte de cheval et des bottes, ajoute une jolie ceinture et une écharpe de couleur vive. Puis, saisissant sa cravache, elle dévale l'escalier pour demander à son père s'il veut bien la déposer au ranch Rainbow qui se trouve sur le chemin de son bureau.

— Avec plaisir, ma chérie, acquiesce-t-il. Mais que vas-tu faire là-bas ?

— Figure-toi que j'ai été retenue comme modèle pour un film publicitaire dans lequel je devrai être à cheval ! Je dois faire une séance de photos que l'agence veut montrer à son client.

James Roy sourit et observe sa fille avec fierté.

— Mais c'est magnifique, Alice ! Et ce clip, c'est pour quel produit, au fait ?

— Je n'ai même pas pensé à le demander ! Mais

je le saurai aujourd'hui et je vous raconterai tout, à Sarah et toi, ce soir.

Quand elle s'engage dans l'allée de gravier qui conduit à la maison des Harlow, la détective aperçoit quatre hommes debout près des écuries. Plusieurs appareils photo, un trépied, un projecteur et des boîtes de matériel sont posés non loin d'eux sur l'herbe.

— Ah, voilà notre star ! s'exclame Tony Traynor en l'accueillant avec un large sourire. Alice, je vous présente Marty Martin, mon assistant.

Il désigne un jeune homme mince, aux épais cheveux noirs.

— Et là, c'est Joe, le maquilleur.

Ce dernier, barbu, les cheveux rejetés en arrière, s'incline cérémonieusement devant la nouvelle venue.

Puis Tony examine sa tenue :

— Ce sera parfait pour une séance photo ! Je vous confie à Joe...

Ce dernier s'avance d'un pas et scrute les traits et la coiffure de la jeune héroïne.

— Il n'y a pas grand-chose à faire, déclare-t-il. Seulement peut-être ajouter un peu de noir sur les yeux et une touche de couleur sur ces jolies joues.

En quelques gestes, il transforme pourtant le visage d'Alice de façon surprenante, rehaussant son teint et soulignant de zones d'ombre le creux des pommettes, le coin des yeux, le cou. La détective, en se contemplant dans un miroir, a du mal à se reconnaître.

— Tony ! appelle enfin le maquilleur. Qu'en penses-tu ?

— Bravo ! félicite le réalisateur. Tout à fait ce qu'il faut !

— C'est vrai, approuve Roger Harlow en s'approchant.

Le propriétaire du ranch ne s'est pas encore montré pour laisser l'équipe travailler. La jeune fille lui sourit amicalement.

— Je n'ai même pas eu le temps de vous dire bonjour ! lance-t-elle.

— Ça ne fait rien, nous parlerons plus tard.

Sur les pas de Tony, tous se dirigent alors vers un enclos où un jeune palefrenier tient par la bride une superbe jument baie, sellée pour le clip publicitaire.

— Oh, quel bel animal ! s'émerveille Alice en lui caressant l'encolure.

— Elle s'appelle Molly. Elle est très calme. Vous n'aurez pas de problème avec elle, lui annonce le garçon d'écurie en lui tendant la bride.

Cependant, Tony et son assistant ont déjà préparé leurs appareils en utilisant un capteur pour vérifier l'intensité de la lumière. Tandis que la détective caresse sa monture, Tony commence à la photographier. De temps en temps, il lui fait quelques suggestions et elle obéit avec beaucoup de naturel, sans prêter plus d'attention aux objectifs.

Tandis qu'elle pose, Alice remarque soudain une petite fille blonde, à quelques mètres de l'enclos. Elle se tient à demi cachée derrière un cyprès et observe timidement la scène. Elle doit avoir environ sept ans et semble prête à disparaître derrière son arbre à la moindre alerte.

— Parfait, Alice, maintenant mettez-vous en selle et faites quelques tours dans l'enclos, propose le réalisateur. Ensuite, vous sortirez et vous partirez en direction de ce ruisseau, là-bas, au bout de l'allée, avant de revenir vers nous au trot.

Alice n'a aucun mal à s'exécuter, car elle a l'habitude des concours hippiques. En quittant l'enclos avec Molly, elle remarque que la petite fille a disparu. La cavalière pousse sa monture au galop et atteint le ruisseau en quelques secondes. Elle laisse boire la jument et s'amuse de la vitesse avec laquelle elle lampe l'eau. Puis, elle lui fait faire demi-tour et, dans ce mouvement, découvre au milieu des arbres un petit pavillon, ouvert. À l'intérieur, la fillette blonde lit, confortablement installée dans un fauteuil à bascule.

Au bruit des sabots de la jument, elle redresse vivement la tête et ses yeux brillent d'effroi. Elle bondit sur ses pieds avec un hurlement et lâche son album. Alice met rapidement pied à terre pour courir s'excuser et la rassurer, mais l'enfant est déjà loin. La détective ramasse le livre et remonte en selle, ennuyée par cet incident.

Lorsqu'elle arrive à l'écurie au trot, Tony l'accueille avec un large sourire.

— Bravo ! s'écrie-t-il en prenant une dernière photo de la jeune fille, les rênes à la main. On a tout ce qu'il nous faut ! Je crois que cela ira parfaitement. Je transmettrai le clichés à l'agence demain matin.

Il se tourne en souriant vers le propriétaire du ranch Rainbow qui vient vers eux :

— Alors, comment trouvez-vous notre star ?

— Excellente cavalière, en effet ! approuve M. Harlow en connaisseur.

Il se tourne vers Alice :

— Et vous, que pensez-vous de cette petite pouliche ? Elle est belle, n'est-ce pas ?

— Magnifique et très agréable à monter.

Le visage d'Alice s'assombrit légèrement :

— Mais je crains d'avoir involontairement effrayé une fillette qui lisait dans le pavillon. J'espère qu'elle va bien. Voici son livre !

— Merci. C'est ma petite-fille, Tina. Elle passe l'été avec nous.

Il entraîne la détective hors de l'écurie et poursuit :

— Je ne comprends pas ce qui lui est arrivé. C'était une enfant si heureuse, si ouverte, mais depuis quelque temps, elle est devenue triste et timide, au point qu'elle a même peur des chevaux. Elle qui les adorait...

Une expression de chagrin se peint sur son visage.

— Je pense que ma femme lui manque. Elle adorait sa grand-mère.

Il se tait un instant et reprend :

— Il y a eu aussi l'accident de sa mère, ma fille Ella. Elle a fait une mauvaise chute de cheval. Cela a peut-être suffi à changer Tina.

— Je suis désolée d'apprendre tout ça... murmure

Alice. J'aimerais pouvoir faire quelque chose. Votre fille est ici ?

— Non, elle est en pleine convalescencc. Son mari a décidé de l'emmener se reposer à la montagne. Mais le plus étrange est que Tina semblait s'amuser beaucoup les premières semaines de son arrivée chez nous. Et puis brusquement, elle a changé.

Le maître du ranch Rainbow secoue la tête.

— Je n'y comprends rien, ajoute-t-il, le visage défait.

Une voiture arrive dans l'allée en faisant crisser les graviers sous ses roues. Elle s'arrête non loin de l'écurie où Tony Traynor est venu rejoindre Alice et leur hôte. Un homme d'âge moyen, avec une fine moustache noire, agite la main derrière son volant.

— Voilà Hugh ! annonce M. Harlow en le saluant d'un mouvement de tête.

— Tiens, tiens ! Comme c'est étrange ! plaisante le metteur en scène en se tournant vers la détective. C'est Hugh Morston qui vient nous rendre visite. Il possède une agence de publicité à New York. Je parie qu'il veut nous espionner, mine de rien !

Quand le nouvel arrivant est auprès d'eux, M. Harlow l'accueille aimablement :

— Alice, je vous présente mon plus proche voisin, grand amateur de chevaux, comme moi. Hugh, cette ravissante jeune fille s'appelle Alice Roy.

Son interlocuteur a un large sourire :

— Êtes-vous de la famille de James Roy, l'avocat ?

— C'est mon père, acquiesce la jeune fille.

Enchantée de faire votre connaissance, monsieur Morston.

— Et voici Tony Traynor, le metteur en scène. Mais je crois que vous vous connaissez déjà ?

— En effet, confirme le nouveau venu, tandis que les deux hommes échangent une brusque poignée de main et un sourire froid.

— Alors, Tony, vous êtes ici pour le boulot ou pour le plaisir ? J'ai entendu dire que vous alliez tourner une publicité pour la société Siddle et Downes ?

— C'est exact ! Mais cette réalisation sera aussi très plaisante, réplique l'autre avec un clin d'œil à l'adresse d'Alice.

— Au fait, Roger, reprend Hugh Morston en se tournant vers le propriétaire du ranch Rainbow, je suis navré d'avoir à vous l'apprendre le premier, mais je crois que vous devriez lire ce qui est paru dans le journal de ce matin.

Il lui tend le quotidien qu'il tient sous le bras, ouvert à la page des sports.

— J'espère que vous dénoncerez publiquement ces propos scandaleux ! ajoute-t-il en pointant du doigt un article sur trois colonnes.

M. Harlow a à peine commencé à lire que son visage rougit de colère.

— Ah, les misérables ! Ceci est une calomnie !

Soudain, il porte la main à sa poitrine, comme pour chercher sa respiration. L'instant d'après, il chancelle sur ses jambes et s'effondre.

chapitre 5

Un entraîneur maussade

Tony Traynor se précipite vers M. Harlow pour le retenir.

— Vite, aidez-moi ! lance-t-il à Hugh Morston.

Chacun prenant sous le bras le propriétaire du ranch, ils le portent, à demi inconscient, à l'intérieur de la maison. Alice les suit avec le journal. Lorsqu'ils ont étendu l'homme sur un divan, la détective ouvre le col de sa chemise, demande des oreillers, puis frotte ses poignets jusqu'à ce que, peu à peu, son visage reprenne des couleurs.

Cependant, la jeune employée accourt avec un médicament qu'elle tend à l'enquêtrice.

— Le docteur lui a prescrit deux cuillerées par jour, déclare-t-elle, l'air alarmé. Je le lui rappelle tous les matins mais il ne m'écoute pas !

Alice réussit à introduire la cuiller entre les lèvres

de M. Harlow et celui-ci retrouve assez de force pour s'asseoir.

— Vous voulez qu'on appelle un médecin ? lui demande la jeune héroïne.

— Non merci, cela ne sera pas nécessaire, assure-t-il en lui pressant la main. C'est ma faute, je ne suis pas les instructions de mon cardiologue. Voyez-vous, je fais de l'hypertension, mais tout ira bien maintenant.

Hugh Morston s'excuse d'avoir bouleversé son hôte en lui apportant le déplaisant article de presse, mais Alice a le sentiment qu'il n'est guère troublé par ce qui vient de se produire. Il ne tarde pas à prendre congé et s'éloigne. Tony Traynor, le metteur en scène, quitte le ranch à son tour, aussitôt qu'il est rassuré sur l'état de santé de Roger Harlow.

La détective prend alors le journal et cherche l'article qui a si violemment ému l'éleveur. À la rubrique des courses de chevaux, elle découvre ces lignes :

Maintenant qu'Étoile Filante ne paraît plus devoir courir le Grand Prix de River City, plusieurs spécialistes émettent de sérieux doutes sur les chances qu'avait réellement ce pur-sang de deux ans de gagner une aussi importante compétition. Il semblerait même, ajoutent ces rumeurs, que son propriétaire, Roger Harlow, ait été le premier à penser que le cheval ne serait pas capable de justifier les sommes d'argent misées sur lui...

— Comprenez-vous à présent pourquoi j'ai réagi ainsi ? questionne Harlow.

— En effet.

La jeune fille fronce les sourcils et ajoute :

— Ce papier laisse entendre que vous ne souhaitiez pas voir Étoile Filante courir ce Grand Prix...

— Exactement ! Mais là n'est pas le plus grave. Je n'ai pas besoin de vous dire que j'ai misé une très forte somme d'argent sur mon cheval. Eh bien, dès que la nouvelle de sa disparition a éclaté, le bruit s'est répandu que j'avais organisé ce rapt moi-même !

— Mais pourquoi ? s'exclame Alice, stupéfaite.

— On a dit que je savais qu'Étoile Filante n'était pas en forme et que je ne voulais pas perdre tout l'argent que j'avais misé sur lui. Ce qui est absolument faux, bien entendu. Mais maintenant que ce journaliste a rapporté toutes ces rumeurs malveillantes, elles vont circuler encore plus vite !

— Eh bien, voilà une raison supplémentaire de retrouver votre pur-sang le plus vite possible ! lance-t-elle en souriant.

— Vous avez tout à fait raison, approuve Roger Harlow. Voulez-vous voir l'écurie maintenant et l'endroit où le vol a eu lieu ?

Alice s'assure que la visite ne fatiguera pas davantage son hôte et accepte de le suivre. Ils traversent la vaste étendue d'herbe verte parfaitement entretenue et se dirigent vers les boxes blancs, au toit de tuiles rouges, qui se trouvent de l'autre côté.

Plusieurs chevaux paissent devant, dans l'enclos ; d'autres suivent leurs palefreniers à l'entraînement.

Le maître du ranch s'arrête devant chaque compartiment, appelant les animaux par leur nom, puis il présente l'enquêtrice à un homme qui les regarde approcher depuis l'entrée de l'écurie.

— Voici mon entraîneur, Kurt Jones. Kurt, cette jeune personne est une détective privée ; vous avez peut-être entendu parler d'elle. J'espère qu'elle pourra nous aider à retrouver Étoile Filante.

L'entraîneur émet un grognement sceptique :

— Dans ce cas, il faudra qu'elle soit vraiment forte. Même la police n'est arrivée à rien.

D'un geste, il repousse sa longue casquette à visière et donne à Alice une brusque poignée de main.

— Vous avez sans doute raison, acquiesce celle-ci en souriant, ce ne sera pas facile de faire mieux que les policiers. Mais j'ai déjà eu l'occasion de travailler avec eux et ils ont toujours semblé apprécier mes services.

Jones est un petit homme corpulent aux cheveux noirs coupés court ; sa chemise kaki aux manches roulées au-dessus des coudes, son jean gris délavé dans des bottes texanes accentuent encore son air rude.

— Dans ce cas, commente-t-il d'un ton sarcastique, je vous souhaite bonne chance. Ils sont venus ici une bonne demi-douzaine de fois et ont interrogé tous ceux qui travaillent aux écuries.

Alice n'apprécie guère l'attitude méprisante de

l'entraîneur à son égard. Il semble convaincu qu'une fille comme elle n'a pas la moindre chance de réussir là où des professionnels ont échoué. Aussi, décide-t-elle de l'ignorer.

Elle inspecte soigneusement les deux parties de l'écurie qui communiquent entre elles, chacune divisée en stalles bien tenues.

— Quelqu'un surveillait les boxes la nuit où Étoile Filante a été volé ? interroge-t-elle.

— Oui, Alf Greenfield, répond Kurt Jones d'un ton amer. Mais il s'est endormi pendant son service.

— Alf est un très bon palefrenier, intervient gentiment M. Harlow, et je suis certain qu'il ne voulait pas nous causer d'ennuis. Mais il vieillit et je suppose qu'il n'a pas pu résister au sommeil.

Alice s'aperçoit que son hôte parle de Greenfield au passé.

— Il ne travaille plus ici ? interroge-t-elle.

— Vous ne pensiez tout de même pas que j'allais le garder après une faute pareille ! réplique Jones. Je l'ai renvoyé le lendemain !

— Où se trouve-t-il maintenant ?

— Je pense qu'il vit toujours à Keanesville, répond M. Harlow.

La détective note l'adresse et déclare qu'elle a l'intention d'aller le questionner.

— Vous pouvez toujours y aller, ricane Kurt Jones. Mais je peux déjà vous dire ce qu'il vous racontera. Il prétendra que quelqu'un a versé de la drogue dans son thermos de café cette nuit-là pour l'endormir. C'est l'excuse qu'il nous a servie, aux policiers et à moi !

— Vous êtes certain que c'est faux ?

— Absolument ! La police a fait analyser le contenu du thermos. Il n'y avait pas trace de somnifère !

Alice reste un moment silencieuse, puis se tourne vers le propriétaire du ranch Rainbow.

— Est-ce que l'on pouvait entendre le bruit du feu d'artifice à cette distance du parc ?

— Bonne question, réagit Harlow. La cuisinière était à la maison en train de préparer le dîner, et elle nous a dit que les explosions étaient si fortes qu'elles semblaient provenir du jardin. Sans aucun doute, les voleurs ont choisi ce moment-là pour couvrir tout bruit qu'aurait pu faire Étoile Filante en sortant de sa stalle. Mais, vraisemblablement, Alf s'était habitué à ce vacarme et ça n'a pas suffi à le maintenir éveillé.

Peu après, l'enquêtrice prend congé de son hôte et rentre chez elle où Ned Nickerson vient la chercher pour l'emmener déjeuner à River City.

— J'ai vu le professeur Barnes ce matin, raconte l'étudiant. Il a appelé les organisateurs du concours et ils ont accepté de modifier le bulletin d'inscription. Tu peux donc figurer comme actrice et avoir le rôle qui était prévu pour toi.

— Super ! je suis ravie ! s'exclame Alice joyeusement.

— Voilà pour les bonnes nouvelles.

— Pourquoi ? Il y en a de mauvaises ?

— Oui, les pires ! À la suite de l'incendie de l'autre soir, M. Ullman a décidé de ne plus nous prêter le manoir Grimsby, explique Ned sombrement.

Il semble abattu.

— Quoi ? Mais le ciné-club n'est pour rien dans cet incendie !

— Il pense au contraire que nous en sommes responsables et il ne veut pas risquer d'autre dommage pour la propriété !

Lorsqu'ils arrivent au Perroquet rouge, leur restaurant préféré, la salle est déjà pleine d'habitués.

— Il y a Bess et Marion ! s'écrie Alice en agitant la main en direction de ses deux meilleures amies.

Le couple rejoint les filles à leur table. La détective espère que leur joyeux bavardage remontera le moral de son compagnon.

— Vous avez vu l'exposition de sculptures à la galerie de Velma Deene, à Fernwood ? questionne Bess avec excitation. Elle a l'air géniale ! Je meurs d'envie d'y aller !

— Vous savez pourquoi ? intervient sa cousine avec malice. Le sculpteur en question est un très beau jeune homme. Bess a vu sa photo dans le journal et elle rêve de le rencontrer !

— N'importe quoi ! proteste cette dernière, rouge de confusion. J'admire beaucoup son œuvre, c'est tout ! Et Velma Deene est une galeriste très réputée !

— J'irai voir cette exposition avec toi ! annonce Alice avec un large sourire. C'est vrai que les jeunes artistes ont besoin d'encouragements avant de devenir célèbres.

— Oh merci ! Je suis sûre que tu le trouveras très beau... euh... que tu trouveras ces sculptures très belles, toi aussi !

Tout le monde éclate de rire.

Ned semble avoir retrouvé sa bonne humeur quand ils quittent les deux cousines. Mais la jeune héroïne est loin de se douter de ce qui les attend.

Le bureau de M. Ullman, le propriétaire du manoir Grimsby, se trouve à quelques rues du restaurant. Les deux amis décident de s'y rendre mais comme ils franchissent le seuil, la secrétaire leur lance un regard sévère. Elle décroche le combiné de son téléphone et annonce à son interlocuteur :

— M. Nickerson et son amie sont ici.

Une porte derrière elle s'ouvre brusquement et le visage furieux d'Ullman apparaît. L'homme se précipite sur Ned en brandissant son poing :

— Sors immédiatement, espèce de pyromane !

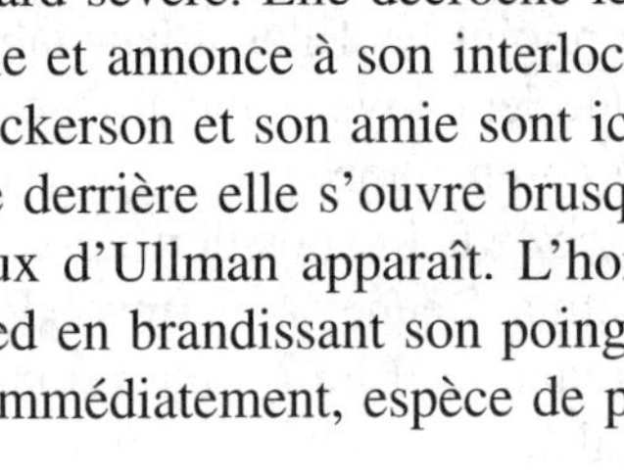

chapitre 6

Mise à l'épreuve

Ned ne bouge pas d'un pouce et répond poliment :

— Laissez-moi au moins vous expliquer...

— M'expliquer quoi ? Comment allumer un nouvel incendie ? coupe Ullman. Tu ne trouves pas que tu m'as coûté assez cher avec tes amis ? Dès le premier jour où vous êtes là, l'écurie brûle. Encore quelques jours de tournage et il ne restera plus un bâtiment debout !

— Mais ce n'est pas nous qui avons allumé ce feu !

Le promoteur immobilier pousse un grognement de colère.

— Ça, c'est toi qui le dis !

— Et c'est vrai, intervient Alice avec fermeté. Monsieur, vous n'avez aucune preuve pour accuser Ned de ce qui est arrivé.

— Que voulez-vous dire ? riposte l'homme en

repoussant une mèche de cheveux grisonnants de son front. Hé, dites donc, je vous reconnais, n'êtes-vous pas la fille de James Roy, la détective privée ?

— C'est exact, sourit la jeune fille, soulagée de voir sa colère s'atténuer un peu. Laissez-nous vous expliquer comment les choses se sont passées : samedi soir, j'ai accompagné Ned à la soirée de l'université de Westmoor.

— Je ne vois pas le rapport avec l'incendie.

— Eh bien, on a traversé la forêt à l'aller et au retour, poursuit l'enquêtrice. À l'aller, il n'y avait pas l'ombre d'une étincelle. Ce n'est qu'à notre retour, un peu après onze heures du soir, qu'on a vu une lueur rouge à travers les arbres. Il était tard, et le ciné-club avait quitté les lieux depuis longtemps !

Le promoteur fronce les sourcils, hésitant.

— Et qui me dit que l'un de vos camarades n'a pas laissé un mégot allumé ?

— Mais aucun d'entre nous ne fume, assure Ned. Et on n'avait aucune raison d'utiliser des allumettes.

— Ton équipe et toi, vous avez quitté le manoir à quelle heure ? demande Alice à son ami.

— Vers cinq heures. C'est moi qui ai fermé. On était pressés d'aller se préparer pour la soirée.

Alice se tourne vers le propriétaire.

— Même si quelqu'un avait réellement fait tomber une allumette près de l'écurie, le bâtiment n'aurait certainement pas mis six heures à prendre feu ! L'incendiaire a dû venir une fois la nuit tombée. Cette hypothèse met hors de cause les membres du ciné-club. Je les ai tous vus à Westmoor.

— Hum... Évidemment, si vous pouvez le prouver...

La voix de M. Ullman s'est considérablement adoucie. Espérant le convaincre encore davantage, la détective reprend :

— Laissez-nous donc utiliser le manoir ! Non seulement on le laissera en bon état, mais on pourra aussi l'arranger, faire quelques travaux à l'intérieur. Hein, Ned ?

— Bien sûr, approuve ce dernier. J'ai repéré plusieurs planches qui auraient besoin de clous supplémentaires et on serait très contents de donner un coup de peinture fraîche, pourvu qu'on nous fournisse le matériel.

— Ce serait gentil de votre part, admet Ullman en plissant les lèvres.

— Et puis, poursuit Alice, votre nom apparaîtrait au générique du film...

— Évidemment ! confirme son compagnon. C'était prévu de toute façon. Ça fera une publicité gratuite à votre société, et vous amènera peut-être aussi quelques clients pour le manoir.

Il est évident cette fois, à en juger par l'expression de l'homme, que ces derniers arguments l'ont convaincu.

— C'est entendu. Vous pouvez continuer à utiliser Grimsby, décide-t-il. À condition d'être très prudents !

Quand ils se retrouvent dans la rue, Ned embrasse joyeusement Alice.

— Bravo, bien joué ! On va pouvoir recommencer à travailler dès demain.

L'étudiant doit suivre un cours l'après-midi à l'université. À peine arrivée chez elle, sa compagne troque rapidement sa tenue de cheval contre une robe de coton plus légère.

Elle s'apprête à monter dans sa voiture, après avoir dit quelques mots à Sarah, lorsque Bess surgit brusquement.

— Une minute plus tard et je te manquais ! s'exclame la jolie blonde essoufflée d'avoir couru. Tu vas où ?

— Je pars interviewer quelqu'un au sujet du cheval volé.

Surprise, son amie ouvre grand les yeux.

— Tu veux dire que tu es déjà sur la piste des ravisseurs ?

La détective sourit.

— Non, pas exactement. L'homme que je vais voir est un palefrenier. Il s'appelle Alf Greenfield. Il travaillait au ranch Rainbow, mais il a été renvoyé parce qu'il s'est endormi la nuit où Étoile Filante a disparu. Tu veux venir avec moi ?

— Allons-y ! lance Bess en grimpant à côté de son amie.

Elles trouvent la maison d'Alf dans un quartier éloigné du centre-ville. C'est un bâtiment plutôt délabré qui semble avoir été réparé à maintes reprises.

À leur arrivée, l'homme les accueille aimablement

sur le porche. Il fume une pipe dans un fauteuil à bascule.

À la première mention du nom d'Étoile Filante, il se redresse vivement et s'exclame :

— Écoutez, mademoiselle Roy, j'ai été drogué ! Je me moque de ce que l'on peut dire. Je devais surveiller les chevaux cette nuit-là et j'étais parfaitement éveillé jusqu'à ce que je boive ce maudit café. Je suis un type sérieux. De toute ma carrière, je ne me suis jamais endormi en travaillant !

— Monsieur Greenfield, vous savez bien que les policiers ont analysé votre thermos et qu'ils n'ont trouvé aucune trace de somnifère...

— Ça, c'est ce qu'ils m'ont dit ! Et c'est ce qui a conduit Kurt Jones à me renvoyer. Mais de toute façon, il m'aurait accusé, quel qu'ait été le rapport de la police !

Le palefrenier se rassoit dans son rocking-chair et secoue la tête tristement. Après avoir tiré quelques bouffées de sa pipe, il ajoute avec amertume :

— Pourtant, j'étais au ranch Rainbow bien avant que Jones n'arrive.

— Admettons que vous ayez été drogué. Comment est-ce que ça a pu se produire ? insiste Alice, penchée auprès de lui sur la balustrade.

— J'ai essayé cent fois de répondre à cette question, mademoiselle, et je n'y suis pas arrivé.

Greenfield hausse les épaules avec dépit tout en se balançant dans son fauteuil.

— En tout cas, je sais une chose, poursuit-il. Étoile Filante a dû causer bien des ennuis à celui qui l'a pris ! Ce canasson est une forte tête : il ne fait que ce qu'il veut ! conclut-il en riant.

— Vous pouviez vous faire obéir de lui, monsieur Greenfield ? interroge Bess, assise sur les marches de la véranda.

— Bien sûr ! Je me suis occupé de chevaux toute ma vie ! Mais n'allez pas croire que j'ai aidé quelque vaurien à voler Étoile Filante. Je n'aurais jamais pu faire une chose pareille, pas plus que je n'aurais laissé quiconque lui faire du mal !

L'ancien palefrenier semble si sincère que les deux jeunes filles sont instinctivement tentées de le croire.

— Alf, reprend Alice d'une voix décidée, si vous dites la vérité, je peux peut-être vous aider à le prouver.

Le visage du vieil homme s'illumine :

— Mademoiselle Roy, j'ai lu et entendu beaucoup de choses à votre sujet et vous m'avez l'air de quelqu'un de très intelligent. Si vous trouvez le moyen de démontrer mon innocence, je vous serai éternellement reconnaissant ! Personne ne veut plus m'employer après ce qui s'est passé et je deviens fou à rester à ne rien faire. Mon travail, c'était toute ma vie... et les chevaux, mes seuls vrais amis...

La détective renouvelle sa promesse de l'aider et les deux amies prennent congé.

— Tu crois que tu pourras convaincre les policiers qu'il n'a rien à voir avec la disparition d'Étoile Filante ? questionne Bess, quand elles ont rejoint la voiture.

— En tout cas, j'ai bien l'intention d'essayer, assure Alice en faisant vrombir le moteur. Les faits sont les faits et si M. Greenfield est innocent, la vérité éclatera au grand jour.

La jeune héroïne se rend droit au commisariat. Un agent aux cheveux roux les accueille derrière le guichet du hall.

— Bonjour, mesdemoiselles. Tiens, mais c'est Alice Roy ! Attendez un instant, je vais prévenir mon chef, M. Mac Ginnis. Je suppose que c'est lui que vous venez voir ?

— En effet. Merci beaucoup.

Quelques minutes plus tard, elles sont reçues par le commissaire, un vieil ami de la détective. Il se lève pour les accueillir.

— Content de vous voir ! Que puis-je faire pour vous ?

Alice explique que le propriétaire du ranch Rainbow a fait appel à elle dans l'affaire du cheval volé. Elle ajoute ensuite :

— Je me demandais si le thermos trouvé auprès d'Alf Greenfield, cette nuit-là, était toujours dans votre laboratoire ?

— Je pense que oui, répond l'homme. Pourquoi ? Vous voudriez le voir ?

— Non, mais j'aimerais qu'il soit examiné par votre expert afin de vérifier les empreintes digitales qui apparaissent dessus.

M. Mac Ginnis appelle aussitôt le laboratoire et promet de communiquer le résultat de l'expertise dans les vingt-quatre heures.

Le ciné-club doit commencer le tournage le lendemain matin. Bess meurt d'envie d'y assister, aussi Alice passe-t-elle la prendre chez elle avant neuf heures. Le temps est gris et pluvieux, avec un épais brouillard qui oblige la jeune conductrice à rouler doucement. Bess surveille nerveusement la route à travers le pare-brise. Elle pousse un soupir de soulagement lorsqu'elles arrivent en vue du manoir Grimsby.

— Oooh, il est vraiment lugubre aujourd'hui, tu ne trouves pas ? murmure-t-elle. Je me demande comment les Grimsby ont pu vivre aussi isolés, sans même avoir le téléphone.

— Il a l'air inquiétant, avec ce brouillard, c'est vrai, reconnaît la détective. Mais c'est le décor idéal pour le film ! J'espère que Ned pourra tourner quelques scènes d'extérieur aujourd'hui, juste pour l'ambiance.

À ce moment, la porte d'entrée s'ouvre et Sandy White les appelle en souriant :

— Vite, venez ! On est presque prêts. Alice, je vais te montrer ta tenue et l'endroit où tu pourras te changer. Je t'aiderai à te maquiller.

Les trois filles grimpent à l'étage.

— Au fait, quel est le sujet du film ? souffle Bess tout excitée, tandis que son amie se change.

— Eh bien, ça se situe vers la fin du XIXe siècle, comme tu peux en juger par ma robe, et l'héroïne – c'est-à-dire, moi ! – vient de s'installer dans ce manoir qu'elle a hérité de son grand-père.

— Seulement, elle ignore que l'endroit est déjà

habité par un mystérieux vampire plusieurs fois centenaire... poursuit Sandy tout en attachant la robe d'Alice dans son dos.

Bess frissonne avec délice.

— Et il a des vues sur elle ?

— Évidemment ! Il en tombe éperdument amoureux !

— Seulement, il est très timide, reprend la détective, et il n'ose pas se montrer au grand jour. Alors il rôde partout et cause une peur atroce à la jeune héroïne !

— Un jour enfin, il trouve le courage de l'approcher, continue Sandy en prenant la trousse de maquillage. Elle est en train de sommeiller sur un divan. Mais, comme je le disais, ce vampire est très vieux... Au moment où il ouvre la bouche pour mordre la jolie gorge blanche de la fille, ses fausses dents tombent !

Le trio éclate de rire.

— Le jour suivant, la servante vient balayer tout ce qui traîne sur le sol, achève Alice entre deux hoquets, et le film se clôt sur le pauvre vampire qui, la nuit suivante, cherche désespérément ses dents dans la poubelle, avant le lever du jour !

La scène que Ned et ses amis ont choisi de tourner ce jour-là se situe dans le hall d'entrée. Alice reçoit un vieux docteur, venu la prévenir que d'étranges lueurs ont été vues de loin dans les étages supérieurs du château, au milieu de la nuit. Gwen, qui joue le rôle de la servante, doit leur apporter des rafraîchissements.

Tous les acteurs répètent brièvement sous la direction de Ned. Puis on dispose la lumière et le tournage peut commencer. Derrière la caméra, il y a une fille nommée Jane Logan. Lenny, l'ami de Gwen, lui sert d'assistant.

La scène commence très bien. Mais tandis qu'Alice bavarde avec le docteur, elle remarque qu'un spot lumineux est mal réglé et semble bouger. Apparemment, il n'a pas été assez bien fixé. Lenny se précipite pour l'arranger, mais, aussitôt, la détective pousse un cri de douleur et porte instinctivement la main à ses yeux, aveuglée par la lumière !

— Lenny, fais attention ! rugit l'étudiant qui fait office d'électricien. Tu as gâché la prise !

Au même instant, Gwen entre avec son plateau. Dans la confusion, elle le laisse tomber et les verres glissent à terre, répandant un liquide rouge et poisseux sur la robe d'Alice.

chapitre 7

La surprise

Tout le monde pousse un cri d'horreur. Mais Alice réagit rapidement. Bondissant sur ses pieds, elle secoue le liquide de sa robe.

— Vite, Bess, donne-moi des mouchoirs en papier !

Grâce à un nettoyage énergique, les dégâts sont bientôt réparés.

— Ce tissu est si épais que le jus de fruits n'a pas eu le temps de le pénétrer, constate la détective, et de toute façon, comme la jupe est foncée, les taches ne se verront pas.

Ned, cependant, essaie de ne pas perdre patience. Mais la perspective de dépasser l'horaire prévu et donc de dépenser trop d'argent pour le film dès le premier jour le contrarie visiblement beaucoup.

— C'est idiot ce que tu as fait, Lenny ! grogne-t-il.

— Ce n'est pas ma faute, proteste l'autre. Le spot clignotait. J'ai voulu le fixer et il l'a éblouie une seconde, c'est tout.

— Eh bien, tu aurais dû vérifier les fixations avant le tournage de la scène !

— Moi, je ne suis pas sûre que tout ça se soit produit par hasard, remarque soudain Sandy en jetant un regard glacial à Gwen. Je t'ai observée pendant que tu apportais les boissons. J'ai eu l'impression que tu faisais glisser les verres exprès sur la robe d'Alice !

— N'importe quoi ! lâche la rouquine avec mépris. Tout le monde s'est mis à parler et à bouger en même temps. Je ne voyais plus où je mettais les pieds et j'ai fait tomber mon plateau accidentellement.

— Un accident bien calculé, en effet, réplique Sandy sèchement.

La jeune héroïne ne peut s'empêcher de remarquer que les yeux de Gwen trahissent une secrète satisfaction de voir cette première scène gâchée. Mais la détective est soucieuse de ne pas envenimer les choses.

— Allez, ça n'a pas vraiment d'importance, intervient-elle. La robe n'est pas abîmée, on peut reprendre le tournage.

— Et cette fois, assurons-nous que toutes les lampes sont bien accrochées avant de commencer, recommande Ned avec un regard agacé en direction de Lenny.

Les autres membres du ciné-club ont nettoyé le tapis et empli à nouveau les verres de jus de fruits.

— Maintenant, s'il te plaît, Gwen, fais bien attention à ton plateau, supplie le jeune cinéaste.

— On ne dispose pas d'un budget hollywoodien. Et au cas où tu ne le saurais pas, je te signale qu'un film, ça coûte cher ! ne peut s'empêcher d'ajouter Jane Logan.

Cette dernière remarque n'est pas du goût de Gwen, qui riposte vertement. Lenny, furieux des propos de Ned, lui emboîte le pas et la dispute reprend, en dépit des supplications d'Alice. Finalement, Lenny et sa compagne quittent le plateau. La rouquine enlève son costume de servante et tous deux sortent du manoir en claquant violemment la grosse porte en bois.

Il y a un moment de silence, puis Ned hausse les épaules, avec un pâle sourire :

— Alors, qu'est-ce qu'on fait ? On arrête tout ou bien on reprend notre chef-d'œuvre ? interroge-t-il en regardant les membres de l'équipe rassemblés autour de lui.

— On continue, bien sûr ! s'exclame aussitôt Sandy. Qui a besoin de ces deux-là, de toute façon ?

Il y a des cris d'approbation.

— Dans ce cas, poursuit le jeune réalisateur, je suggère de prendre Bess pour remplacer Gwen dans le rôle de la servante...

— Excellente idée ! approuve aussitôt Jane Logan.

Rose de plaisir, devant cette invitation inattendue

à jouer devant une caméra, Bess accepte timidement. Sandy l'aide à enfiler la robe abandonnée par Gwen et l'ajuste à sa taille avec quelques épingles. Après un court essai, la scène peut de nouveau être tournée et, à la grande joie de chacun, elle se déroule parfaitement, sans qu'il soit besoin de la recommencer !

À la fin de la matinée, deux autres scènes ont été filmées avec succès. Tous déjeunent joyeusement de sandwichs et de sodas que Phil Jordan, l'accessoiriste, a stockés dans le coffre de sa voiture.

Après le repas, Ned et les autres garçons disposent les meubles dont ils ont besoin dans le salon pour la scène suivante. Comme il repousse un lourd fauteuil, le jeune réalisateur remarque par terre un objet de métal brillant. C'est un petit vase en argent.

— Où tu l'as trouvé ? questionne Jane, surprise.

— Sous le siège. Il a dû tomber un jour de cette table et depuis il est resté là. Il paraît assez lourd pour être en argent véritable, tu ne crois pas, Alice ?

— Absolument. Tiens, voici le poinçon.

Elle retourne le petit objet et désigne une marque gravée sur le fond.

— Eh bien, cette pièce doit manquer à la collection d'argenterie de la famille Grimsby, conclut Ned.

Mais la détective secoue la tête :

— Non, je ne pense pas. Tous leurs objets de valeur ont été emportés il y a des années, or ce vase n'est certainement pas ici depuis aussi longtemps. L'argent n'est même pas terni.

Comme elle retourne le récipient entre ses mains,

son œil exercé repère soudain un fin monogramme gravé sur l'un des côtés :

— Regardez ! Il y a une initiale avec la lettre W. Ça signifie bien qu'il n'appartient pas aux Grimsby.

— Mais alors, chère superdétective, plaisante Ned avec un sourire, qu'est-ce qu'il faisait sous ce fauteuil ?

— Bonne question...

Ils mettent l'objet de côté et reprennent le tournage de la scène suivante. Ensuite, Alice et Bess, qui n'ont plus de rôle à tenir pour cette première journée, prennent congé de leurs amis. Au moment de partir, l'enquêtrice, saisie d'une inspiration subite, prend le petit vase avec elle et annonce qu'elle va le porter à la police.

— Tu crois qu'il a été volé ? demande son amie, comme elles traversent la forêt.

— On va peut-être le savoir.

Au commissariat, les deux jeunes filles sont aussitôt reçues par M. Mac Ginnis.

— Je vais ordonner une recherche dans nos listes d'objets disparus, annonce-t-il en posant le pot argenté sur son bureau. Merci de l'avoir apporté !

— Puisque je suis ici, vous pourriez me dire si votre expert a trouvé des empreintes intéressantes sur le thermos ?

— Il doit avoir terminé son travail. Demandons son rapport tout de suite, je suis curieux de connaître ses conclusions.

Saisissant son téléphone, le chef de la police

appelle le laboratoire et peu après un homme grand aux cheveux très bruns les rejoint.

— Voici M. Hart, l'inspecteur chargé de l'affaire du cheval volé. Alors, qu'avez-vous trouvé sur cette bouteille ?

— Plusieurs empreintes, mais aucune n'est très nette. Une chose est sûre cependant, aucune des traces ne correspond à celles d'Alf Greenfield.

Alice est ravie d'entendre cette nouvelle :

— Cela signifie donc qu'il y aurait eu deux thermos !

— En effet, approuve Hart en hochant la tête. Si Greenfield avait touché à celui-ci la nuit du vol, il y aurait laissé ses empreintes.

— Alors les ravisseurs ont substitué une autre gourde à la sienne ! conclut la détective. Alf disait donc vrai quand il expliquait qu'un somnifère avait été versé dans son café !

Mac Ginnis et l'inspecteur semblent d'accord sur ce point.

— Oui, c'est presque certain, ajoute le chef de la police. Sinon, pourquoi les voleurs se seraient-ils donné la peine de remplacer son thermos ? Ils espéraient sans doute faire peser les soupçons sur lui, et gagner du temps pendant que nous chercherions à prouver sa culpabilité !

Hart fronce les sourcils et se frotte pensivement le menton :

— Il y a encore un autre palefrenier que nous soupçonnons, bien qu'il affirme avoir un alibi.

— Qui ? questionne Alice.

— Il s'appelle Pat O'Neil. Il travaillait aussi au ranch Rainbow, mais il a été renvoyé il y a plusieurs mois. Il n'est pas impossible que, par rancune, il ait donné quelques informations sur les écuries aux voleurs, ou même qu'il les ait aidés pendant le rapt.

— En effet, reconnaît Mac Ginnis. D'ailleurs, si Étoile Filante le connaissait, cela a pu aider à l'opération, en évitant que le cheval ne soit effrayé.

La jeune héroïne écoute avec attention.

— Où travaille O'Neil actuellement ?

— Il est sans emploi. Il a été palefrenier chez un voisin de M. Harlow, un certain Hugh Morston, mais cela n'a pas duré longtemps, non plus. Tenez, voici son adresse.

L'homme inscrit quelques mots sur une fiche cartonnée, qu'il confie à Alice.

— Vous disiez qu'il avait un alibi ? poursuit cette dernière.

— Oui, il affirme avoir passé la soirée du rapt avec un ami. Nous sommes en train de vérifier leur emploi du temps heure par heure.

Hart fait une pause et se tourne vers son supérieur :

— Vous venez de parler de la fuite des voleurs. Eh bien, il y a quelque chose de très étrange à ce sujet. Vous savez que le vol a eu lieu le 4 juillet, jour de la fête nationale. Il y avait donc beaucoup de circulation et de monde dehors pour voir les feux d'artifice ; or, nous n'avons pu trouver personne qui se souvienne d'avoir vu un van, un camion, ni quoi que ce soit qui ait pu transporter un animal de cette taille.

Alice hausse les sourcils.

— C'est *très* étrange, en effet.

L'agent s'approche d'une carte de la région punaisée au mur et poursuit :

— Notre thèse est qu'Étoile Filante a été conduit à travers la forêt de Brookvale jusqu'à North Road, qui se trouve plus loin, à environ deux ou trois kilomètres du ranch Rainbow.

— Et vous pensez que c'est à cet endroit qu'un véhicule attendait le cheval pour l'emmener ?

— Exactement. D'ailleurs, nous avons déjà suivi cette piste et recueilli des témoignages sur la présence d'un van garé en lisière de la forêt ce soir-là, à proximité de l'étang de la Tortue. Un grand van noir.

— Beau travail ! le félicite Mac Ginnis.

Puis se tournant vers Alice :

— La description de ce camion correspond à celle d'un véhicule qui a été volé le même jour à Keanesville, dans la matinée. Dans ce genre de rapts importants, les malfaiteurs préfèrent toujours utiliser une voiture volée, pour mieux protéger leur fuite.

La détective remercie les policiers de toutes ces informations et quitte le quartier général en compagnie de son amie. Toutes deux sont heureuses de penser qu'Alf Greenfield est probablement innocent.

— Tu as eu une idée géniale, Alice, de faire expertiser ce thermos ! s'écrie Bess en grimpant dans la voiture.

Sa compagne met le moteur en marche et s'engage lentement dans la circulation.

— Ça ne nous prouve pas seulement l'innocence d'Alf, déclare-t-elle pensivement.

— Quoi d'autre ? interroge l'autre, surprise.

— Ça démontre aussi que le rapt d'Étoile Filante a été préparé « de l'intérieur ». Au ranch même !

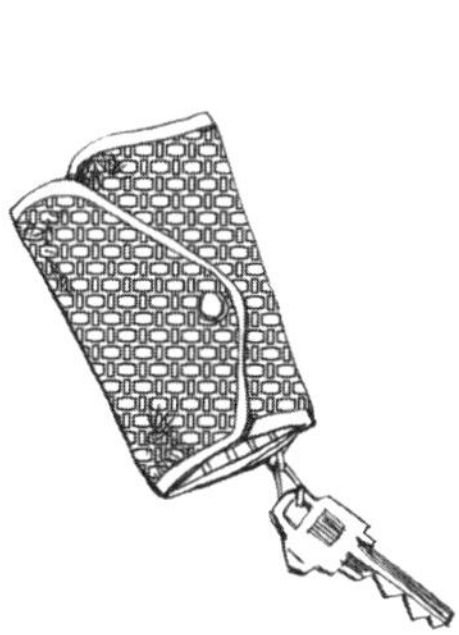

chapitre 8

Des nouvelles palpitantes

— De l'intérieur ?

Bess scrute son amie avec stupéfaction.

— Tu veux dire que quelqu'un au ranch Rainbow aurait aidé les voleurs ? insiste-t-elle.

Alice hoche la tête.

— Oui, j'en suis certaine.

— Mais pourquoi ? Qu'est-ce qui te fait penser ça ?

— Si le café d'Alf Greenfield a bien été drogué, ça a été fait par une personne qui pouvait pénétrer dans les locaux facilement et qui, très probablement, avait accès à la cuisine ou aux écuries.

— Tu as raison. C'est évident. Mais, dans ce cas, ça fait beaucoup de suspects...

Les jeunes filles arrivent à proximité de la maison des Roy. Les nuages se sont un peu dissipés et un pâle soleil tente de réchauffer l'air humide.

— Hum, j'espère que Sarah nous a préparé quelque chose de bon ! déclare Alice avec gourmandise. On a bien travaillé, et je meurs de faim !

Quelque temps après, elles se reposent toutes les deux sur la véranda, un verre d'orangeade à la main, et une grande assiette de chips posée entre elles. Mais le répit est de courte durée : bientôt la sonnerie aiguë du téléphone retentit. Alice bondit sur ses pieds.

— J'y vais !

Elle revient au bout de quelques minutes, le visage lumineux :

— Écoute ça : Tony Traynor vient de m'apprendre que j'ai été choisie pour le spot publicitaire ! Figure-toi qu'ils vont même en tourner trois ! On commence demain !

— Oh, c'est magnifique ! C'est pour vendre quel produit ?

La détective éclate de rire :

— Un savon appelé Vénus !

— Non ? Bess se met à rire à son tour. Vraiment ?

— Vraiment quoi ? l'interrompt Marion qui les rejoint sur la véranda avec Sarah, chargée d'un autre pichet d'orangeade.

— Alice va jouer dans *trois* clips, et pour le savon Vénus ! explique sa cousine.

— Bravo ! Super ! Tu vas devenir une grande star !

— Une vedette ! renchérit la cuisinière en couvant fièrement sa protégée du regard.

Après le déjeuner, les trois amies bavardent encore un long moment, puis Bess et Marion partent faire des courses en ville. La détective décide d'aller annoncer la bonne nouvelle à Ned. Il faut mettre sur pied un emploi du temps qui lui permettra de tourner ses spots sans gêner pour autant le tournage du film d' « horreur ».

— Sarah, je vais rendre visite à Ned, annonce-t-elle en rapportant les verres vides. Je serai de retour pour le dîner.

Elle doit traverser la ville pour rejoindre l'université. La circulation est dense cet après-midi-là. Quand elle parvient enfin au campus, elle remarque Lenny et Gwen en conversation avec un homme au visage grêlé qui se tient debout devant la portière ouverte d'une voiture. Alice observe que les deux étudiants jettent des regards furtifs à droite et à gauche, comme s'ils craignaient d'être vus en compagnie de leur interlocuteur.

Puis l'enquêtrice gare son véhicule et se dirige vers le laboratoire de photographie où travaille Ned cet après-midi.

Le jeune homme lui assure qu'elle n'intervient pas dans les scènes qui seront tournées le lendemain matin, ce qui lui permettra de se consacrer au spot publicitaire.

— Tant mieux, soupire Alice rassérénée, sinon je n'aurais pas pu mener de front les deux projets.

Son ami la raccompagne ensuite à sa voiture :

— Tu vas où, maintenant ?

— Je crois que je vais rendre visite à Roger Harlow au ranch Rainbow.

Elle résume brièvement les faits nouveaux concernant Alf Greenfield, le palefrenier.

Peu après, elle s'engage dans l'allée bordée d'écuries. M. Harlow vient de sortir des stalles et se dirige vers sa maison. Alice s'empresse de le rejoindre. Au même moment, elle surprend un mouvement dans un buisson sur sa gauche. C'est la petite Tina qui joue dans l'herbe avec un chat. La détective lui sourit et lui adresse un signe de la main, mais la fillette bondit et disparaît à travers les arbres, hors de sa vue.

— Bonjour, Alice, que puis-je faire pour vous ? demande M. Harlow en l'accueillant avec un sourire.

— Je vous apporte de bonnes nouvelles au sujet d'Alf Greenfield.

— Les bonnes nouvelles sont les bienvenues en ce moment. Venez donc vous asseoir sur la terrasse, nous serons plus à l'aise pour bavarder.

Ils s'installent sur des chaises longues et Alice raconte l'histoire de la substitution probable des thermos de café. Tandis qu'elle expose ses conclusions, le visage du maître d'Étoile Filante passe de la plus grande surprise à une satisfaction évidente :

— Alf disait donc la vérité ! Je suis vraiment heureux de l'apprendre.

— Vous pensez que vous pourriez le reprendre à votre service, monsieur Harlow ? demande la jeune fille avec hésitation.

— J'y ai tout de suite songé. Mais je crains que ce soit impossible. Voyez-vous, c'est mon entraîneur, Kurt Jones, qui a pris la décision de le renvoyer et à ce qu'on m'a dit, il l'a fait d'une manière assez brutale. J'ai bien l'impression qu'ils auraient du mal à retravailler ensemble. Et si j'engageais Alf sans l'accord de l'entraîneur, ce serait interprété comme un désaveu de son autorité.

À ce moment, il est interrompu par son employée, qui dépose un plateau de rafraîchissements devant eux.

— Merci, Mary. Servez-vous, Alice, et goûtez aussi ces biscuits secs, je vous assure qu'ils sont délicieux.

Comme la détective obéit en souriant, il poursuit :

— Voici ce que je vais faire. Je vais donner à Alf une bonne lettre de références et veiller à ce qu'il trouve rapidement un nouveau travail.

— Oh, ce serait très bien ! s'écrie son interlocutrice avec gratitude.

Puis elle ajoute, d'un ton grave :

— Mais il y a autre chose... Si Alf Greenfield a effectivement été drogué, il ne peut l'avoir été que par quelqu'un de votre ranch... En tout cas, c'est l'hypothèse la plus vraisemblable.

Le visage de Roger Harlow s'assombrit et, l'espace d'un instant, Alice craint qu'il n'ait un nouveau malaise comme celui auquel elle a assisté lundi matin. Mais il répond avec calme :

— J'en doute beaucoup. Personne ici ne consomme de somnifères.

L'enquêtrice se demande comment son hôte peut être aussi affirmatif, mais elle s'abstient de tout commentaire. Elle murmure seulement :

— Il faudrait en avoir la certitude. Vous pourriez vérifier avec discrétion ?

— Bien entendu, surtout si cela peut vous aider. Mais j'ai bien l'impression que nous nous fourvoyons.

Alice lui sourit gentiment :

— Non, ne perdons pas espoir. Je voudrais vous demander autre chose. Avez-vous des ennemis qui pourraient vous en vouloir au point de vous dérober votre meilleur cheval ? Ou même soupçonnez-vous quelqu'un ?

L'homme réfléchit un long moment avant de répondre :

— Je n'aime pas montrer du doigt mais, oui, il y a bien quelques personnes que je pourrais citer. Quatre exactement. Trois hommes et une femme.

— Dites-moi leurs noms, s'il vous plaît.

— Eh bien, cette année, j'ai dû renvoyer un palefrenier du nom de O'Neil. Il avait un caractère difficile et causait beaucoup de désordre : il se disputait avec tout le monde et refusait d'obéir à mes instructions. Je suis sûr qu'il est parti d'ici avec beaucoup de rancœur.

Alice se souvient qu'O'Neil a déjà été évoqué par l'inspecteur Hart.

— Le deuxième homme que je soupçonne est un jockey du nom de Pepper Nash. Il y a un an environ, il a monté un de mes chevaux sans tenir compte des ordres de l'entraîneur ni des miens. Il a perdu une course importante. J'étais furieux et le lui ai dit. Oh ! Pas en public, bien sûr, c'était une explication entre nous, mais la chose a été connue et il a eu des difficultés ensuite pour participer à d'autres courses.

— Vous savez où il se trouve maintenant ?

— Non. Il a quitté la ville peu de temps après. Je ne sais pas du tout ce qu'il est devenu.

Roger Harlow fait une pause.

— La troisième personne sur qui portent mes soupçons est une femme. Elle s'appelle Velma Deene. Lorsque j'ai acheté Étoile Filante, encore jeune poulain, elle a fait monter les enchères le plus possible. Visiblement, elle était prête à dépenser beaucoup d'argent pour ce pur-sang. Elle possède une galerie d'art à Fernwood...

Il s'interrompt en voyant l'expression d'Alice.

— Vous la connaissez ?

— Non, mais une de mes amies m'a parlé d'une exposition qui se tient en ce moment dans cet établissement.

— Je vois... Bref, pour résumer, c'est moi qui ai emporté l'enchère. Velma Deene était très contrariée, d'autant qu'elle a longtemps été rivale de ma fille Ella dans des concours hippiques, que Velma perdait le plus souvent... ce qui la rendait furieuse.

— En effet, ça ne devait pas lui faire plaisir, commente Alice. Vous avez parlé d'un dernier suspect.

— Oui, un grand amateur de chevaux du nom de Judd Bruce.

Roger Harlow semble gêné :

— Judd a un cheval engagé dans le Grand Prix de River City. Je suis convaincu qu'Étoile Filante peut le battre facilement, au point que j'avais parié beaucoup d'argent sur le vainqueur. On peut donc supposer que Bruce avait une bonne raison de souhaiter la disparition de mon pur-sang ! Si Étoile Filante ne participe pas à la course, son cheval a toute chance de gagner, et il ne perdra pas la somme importante qu'il a misée contre moi.

Le propriétaire du ranch se tait. Alice jette un coup d'œil à sa montre et sursaute.

— Il est tard, je dois partir. Merci pour tout, monsieur Harlow. Je vais mener l'enquête sur toutes ces personnes et je vous tiendrai au courant.

L'homme l'accompagne jusqu'à sa voiture et la regarde s'éloigner en agitant la main avant de rentrer à l'intérieur de la maison. Deux secondes plus tard, la jeune fille freine brutalement, les yeux fixés sur le pare-brise. Une main y a tracé avec un feutre rouge un dessin aux traits grossiers et naïfs, qui représente un cheval à côté d'une tête de mort et de deux os en forme de croix !

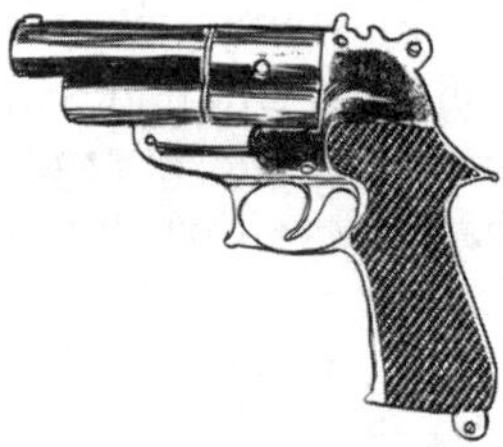

chapitre 9

La liste secrète

Alice considère la sinistre inscription et un frisson lui parcourt le dos. Est-ce un avertissement pour la dissuader de s'intéresser à la disparition d'Étoile Filante ?

Une autre pensée lui traverse l'esprit. Le dessin, plutôt naïf et rudimentaire, fait penser à une main d'enfant. Pourrait-il être l'œuvre de Tina ? En se rappelant le regard effrayé de la fillette, la détective doute cependant que celle-ci puisse être responsable.

Elle décide finalement de repartir sans rien dire. Alice redémarre donc sa voiture et se dirige vers la route. Un peu plus loin elle s'arrête dans une station-service pour prendre de l'essence et faire nettoyer son pare-brise. Une seule chose lui semble certaine : si Tina n'est pas l'auteur du dessin, cela prouve que quelqu'un au ranch Rainbow veut éviter toute enquête sur le rapt d'Étoile Filante.

Saisie d'une inspiration subite, la jeune fille

décide de passer chez Hugh Morston, dont le ranch jouxte celui de Roger Harlow.

Elle pénètre lentement dans la propriété et aperçoit les écuries sur la gauche de la maison. Hugh Morston, vêtu d'un costume en lin, est en train de parler à un palefrenier. Sa voiture est stationnée devant le perron comme s'il venait à peine d'arriver.

Alice se gare et marche en direction des deux hommes. Le propriétaire des lieux se retourne au même moment, l'aperçoit et vient à sa rencontre.

— Tiens, tiens, quelle bonne surprise ! Content de vous voir. Je rentre à peine de New York. Je n'ai même pas eu le temps d'entrer dans la maison ! Que puis-je faire pour vous ?

— J'aimerais connaître votre opinion sur le palefrenier Pat O'Neil, que votre voisin Roger Harlow a renvoyé il y a quelque temps. Vous savez qu'il est suspect dans l'affaire du rapt d'Étoile Filante ? La police est en train de vérifier son emploi du temps la nuit du vol.

Morston secoue la tête et attrape son attaché-case dans sa voiture. Puis il prend la détective par l'épaule et l'entraîne vers l'escalier de marbre qui conduit à la porte principale.

— Entrez donc. Nous discuterons mieux à l'intérieur.

Lorsqu'ils sont confortablement installés dans le salon, l'homme reprend :

— Je n'aime pas dire du mal des gens, mais je dois avouer que j'ai essayé de faire travailler O'Neil à mon tour lorsqu'il a été chassé du ranch Rainbow, et que j'ai vite dû y renoncer. Il était vraiment insupportable. Indiscipliné et très insolent. Il refusait d'exécuter les ordres. J'ai donc dû le mettre à la porte.

La jeune héroïne demande alors à son hôte ce qu'il pense de l'article de journal qu'il a apporté à Roger Harlow, et qui a causé un malaise à ce dernier.

— Dans cette dépêche, M. Harlow était plus ou moins accusé d'avoir lui-même organisé le vol, de crainte de voir perdre son champion, rappelle-t-elle. Vous le croyez capable d'une chose pareille ?

La réponse de Morston la surprend beaucoup :

— Cela paraît incroyable en effet, à première vue, mais vous savez, de nombreux turfistes pensent que Minaret, le pur-sang de Judd Bruce, était en mesure de battre Étoile Filante. Bruce est un grand amateur de chevaux et il mise beaucoup d'argent aux courses... Croyez-moi, j'ai la plus grande estime pour Roger Harlow, mais je sais aussi qu'il aurait perdu une forte somme si Étoile Filante n'avait pas remporté le Grand Prix de River City... De quoi peut-on être capable quand de tels montants sont engagés ? D'ailleurs – il sourit largement à Alice – je ne fais que répéter ce que beaucoup de gens disent.

— En tout cas, merci pour votre honnêteté et la gentillesse avec laquelle vous répondez à mes questions. Je peux vous en poser encore une ?

— Je vous en prie.

— Vous vous souvenez d'un jockey nommé Pepper Nash ?

Hugh Morston réfléchit un moment, puis incline la tête.

— Oui, bien sûr. Je ne l'ai pas vu depuis des siècles. Un jour, il s'est violemment disputé avec Roger Harlow. Il avait monté un des chevaux du ranch Rainbow sans tenir compte des ordres de l'entraîneur. Il a perdu une course importante. Harlow était furieux et cela s'est su. Après ce désaccord, Pepper Nash n'a plus trouvé de chevaux à monter dans la région.

— Vous pensez que la colère de Roger était injustifiée ?

— Non. Il savait que Pepper était jeune et un peu tête brûlée.

Plus tard, Alice prend congé de Hugh Morston. Il lui assure qu'elle sera toujours la bienvenue. Elle part, se demandant si cette cordialité n'est pas un peu suspecte.

Sur le chemin, la jeune fille décide de terminer sa tournée en allant voir Judd Bruce, le propriétaire de Minaret, pur-sang rival d'Étoile Filante. M. Harlow a noté l'adresse sur un papier : son bureau est situé dans la rue principale de River City et la détective n'a aucun mal à le trouver. C'est une grande bâtisse de style colonial, très bien préservée et restaurée. À l'intérieur, le style des pièces a été conservé, sauf pour le mobilier professionnel, ultramoderne. Visiblement, les affaires de Judd Bruce sont florissantes.

C'est un homme trapu, au crâne dégarni, qui accueille Alice. Il se montre toutefois moins chaleureux lorsqu'il découvre que l'enquêtrice n'est pas une cliente et qu'elle lui expose la raison de sa visite.

— Je suis un homme occupé, mademoiselle Roy, lui annonce-t-il en regardant sa montre. Je ne vois vraiment pas comment je pourrais vous aider.

Son regard est aussi hostile que ses paroles, mais la jeune héroïne lui sourit aimablement :

— Monsieur Bruce, je pensais qu'en tant que propriétaire d'un pur-sang de valeur, vous pourriez avoir une opinion sur le rapt d'Étoile Filante. Par exemple, qu'est-ce que vous pensez de la rumeur selon laquelle M. Harlow craignait de voir gagner *votre* cheval ?

— D'abord, permettez-moi de vous corriger sur un point important. Je ne suis pas le seul propriétaire de Minaret. Nous l'avons acheté à plusieurs. Cela se fait beaucoup dans le monde des courses hippiques. Il appartient à une association sportive dont je suis membre. Chaque fois qu'il remporte une course, nous nous répartissons les gains.

Alice s'apprête à demander l'identité des autres membres lorsqu'elle remarque une feuille de papier sur le bureau de Judd Bruce. L'en-tête porte en lettres majuscules : *ASSOCIATION MINARET* et au-dessous s'allonge une liste de plusieurs noms qu'il est impossible de lire. Sans doute, ceux des autres propriétaires du cheval.

L'hôte intercepte son regard et s'empresse de retourner le document pour cacher les inscriptions.

— Ensuite, poursuit-il, laissez-moi vous dire que, si Étoile Filante court le Grand Prix de River City,

Roger Harlow perdra beaucoup d'argent... car Minaret gagnera. Il n'y a aucun doute là-dessus.

Sur ces mots, l'homme se lève brusquement, mettant fin à l'entretien. Il ouvre la porte de son bureau et s'efface pour laisser passer Alice.

— Maintenant, mademoiselle Roy, vous voudrez bien m'excuser. J'ai du travail.

Que penser de tout cela ? Judd Bruce, en tout cas, est un homme peu aimable et très soupçonneux.

Lorsque la jeune héroïne arrive chez elle, Sarah achève de mettre le couvert pour le dîner.

— C'est prêt, ma chérie.

— J'arrive tout de suite, s'écrie-t-elle en se précipitant dans l'escalier.

Elle manque de heurter son père qui vient en sens inverse :

— Hé là, hé là, que se passe-t-il ? plaisante l'avocat, un homme grand et distingué, en retenant sa fille par le bras.

— Pardon, papa, mais Sarah m'a dit de me dépêcher et ça sent tellement bon !

Il lui pince le menton et la regarde tendrement :

— À cette vitesse, tu seras à table avant moi !

Un peu plus tard, tandis qu'ils dégustent ensemble une délicieuse mousse au chocolat, Alice raconte à Sarah et James Roy sa visite chez Judd Bruce et l'accueil déplaisant de celui-ci.

— J'aimerais bien savoir pourquoi il était à ce point sur la défensive, ajoute-t-elle. Et je me demande aussi pourquoi il a voulu dissimuler la liste des membres de l'Association Minaret.

— Bonne question, commente son père en sirotant son café.

— Papa, tu pourrais trouver ces noms pour moi ? Et peut-être aussi m'aider à débusquer la trace d'un certain Pepper Nash grâce à tes archives ? C'est un jockey qui courait ici autrefois, mais il a disparu.

L'avocat promet de se lancer sur ces pistes.

— Mais cela peut prendre un jour ou deux, ma chérie. Je te le dirai dès que je saurai quelque chose.

Le lendemain, le temps est clair et ensoleillé. Lorsque Alice arrive au ranch Rainbow pour tourner son premier film publicitaire, Tony Traynor et son équipe sont déjà sur place. Dès qu'on a achevé de la maquiller, la détective se déclare prête à commencer. Un jeune lad amène un bel étalon à la robe luisante.

— Il est beau, hein ? Il s'appelle Orageux. Je crois qu'il sera parfait pour vous, sourit le metteur en scène.

— Il est magnifique !

Elle flatte l'encolure de l'animal qui danse d'un pied sur l'autre.

— Allons-y, Orageux, d'accord ?

Sur ces mots, elle saute en selle avec légèreté et affermit les rênes dans sa main. Mais, avant qu'elle ne puisse réagir, le grand animal commence à se cabrer et à donner de violents coups de pied dans toutes les directions. Puis il part au triple galop en reniflant bruyamment et Alice a toutes les peines du monde à ne pas tomber.

chapitre 10

Nouvelle frayeur

Orageux galope et rue comme un cheval sauvage, et Alice doit faire appel à tous ses réflexes de bonne cavalière pour ne pas être désarçonnée. Enfin, elle réussit à l'arrêter et, sautant rapidement à terre, elle pose la main sur les naseaux de l'animal pour tenter de le calmer.

— Cette fois, j'ai bien cru que j'allais chuter ! crie-t-elle à Tony Traynor.

Celui-ci accourt, l'air inquiet, suivi de Kurt Jones l'entraîneur du ranch Rainbow.

La jeune fille continue à caresser doucement l'encolure de l'étalon.

— Attendez, je vais l'emmener et vous donner une autre monture, déclare Kurt Jones en prenant les rênes des mains d'Alice.

— Dommage ! lâche Tony avec regret. Il est si beau. C'était exactement ce qu'il fallait pour ce premier film.

— Non, attendez, s'il vous plaît, intervient Alice. Il y a sûrement une raison pour qu'il ait agi comme cela.

Rapidement, elle défait la sangle et retire la selle du dos d'Orageux. Une grosse châtaigne roule sur le sol.

— Pas étonnant ! s'exclame Tony en ramassant le fruit et sa bogue hérissée de piquants.

— Orageux a ressenti une douleur sur son dos dès que je suis montée en selle, renchérit Alice. Je me demande comment cette châtaigne a pu se glisser là, c'est incroyable !

Kurt Jones se retourne et appelle d'une voix furieuse en direction de l'écurie.

— Bill, viens voir ici !

Quand le garçon d'écurie, un jeune homme de seize ans à peine aux cheveux mi-longs apparaît, l'entraîneur se met à l'invectiver si violemment que le malheureux en a bientôt les larmes aux yeux. Puis il renvoie le lad, avec le cheval, vers les stalles.

Malgré ce mauvais départ, le reste du tournage se passe admirablement bien. Alice monte un beau cheval arabe répondant au nom de Neige, sellé par Kurt Jones lui-même.

À la fin du tournage, Tony Traynor s'approche de la jeune fille :

— J'aimerais vraiment vous voir monter Orageux pour le prochain film. Accepteriez-vous de le faire après ce qui s'est passé ce matin ?

— Bien sûr, sourit-elle. C'est toujours mauvais pour le moral de rester sur une défaite ! D'ailleurs, je vais aller voir l'étalon tout de suite et lui parler dans son box !

— Bonne chance alors, et à vendredi matin comme prévu, d'accord ?

Un peu plus tard, quand la cavalière ressort des écuries, elle rencontre le propriétaire des lieux :

— Ah ! Alice ! s'exclame Roger Harlow. J'espérais vous voir avant votre départ. Je voulais vous dire que j'ai fait ma petite enquête auprès de tous mes employés. Personne au ranch Rainbow n'use de somnifères !

La jeune fille, pour sa part, n'est pas convaincue de la valeur d'une telle affirmation dans la bouche d'un employeur. Mais elle le remercie poliment :

— Sans doute faudra-t-il suivre une autre piste.

Tandis qu'ils bavardent, Alice remarque la petite-fille de M. Harlow qui s'approche lentement d'eux. Elle a passé toute la matinée à observer le tournage, à bonne distance, juchée sur un monticule, de l'autre côté du ruisseau. Elle a même esquissé un geste lorsque la détective l'a saluée de la main en passant.

Quand l'enfant est près d'eux, M. Harlow met tendrement son bras autour de ses épaules.

— Tu as envie de faire la connaissance d'Alice, ma chérie ?

Tina sourit timidement et incline la tête. Quand l'enquêtrice lui tend la main, elle la saisit. Son grand-père a l'air surpris et ravi :

— Que diriez-vous d'un petit casse-croûte ensemble sous la véranda ? propose-t-il gaiement.

Tandis qu'ils bavardent, Alice en vient à parler du ciné-club. Tina paraît si intéressée que la jeune fille lui propose aussitôt de l'emmener sur les lieux du tournage.

— Oh ! Oui, j'aimerais tellement ! s'exclame la fillette enchantée. On peut y aller tout de suite ?

— D'accord, sourit la jeune héroïne. Mais il vaudrait peut-être mieux que tu mettes une paire de sandales d'abord, non ?

Tina baisse les yeux sur ses pieds nus et éclate de rire.

— J'avais oublié. Je reviens tout de suite !

Alors qu'elle s'éloigne, M. Harlow adresse à Alice un regard plein de gratitude.

— Je suis heureux qu'elle s'intéresse de nouveau à quelque chose. C'était une enfant si gaie, si aventureuse au début de l'été. Elle partait pendant des heures sur son poney, pour explorer les environs. Elle est même allée jusqu'au vieux manoir Grimsby et à la carrière désaffectée qui se trouve en bas de la route. Mais quand je l'ai appris, je lui ai interdit d'y retourner, naturellement. Je lui ai expliqué que ces endroits déserts pouvaient être dangereux. Mais je n'ai plus eu à m'en inquiéter car, brusquement, tout a changé. Elle n'a plus touché à son poney et ne s'est plus éloignée de la maison.

— Ned tourne justement son film au manoir Grimbsy... avertit la jeune fille. Vous préféreriez qu'elle n'y aille pas ?

— Non, non, je suis ravi au contraire, et je n'y vois aucun inconvénient si elle est avec vous. Cet endroit m'effrayait uniquement parce qu'elle y allait seule. Là, c'est très différent.

Quand l'enfant revient, Roger Harlow l'embrasse tendrement.

— Amuse-toi bien, ma chérie.

Alice pense soudain que cette visite est peut-être l'occasion de vaincre l'appréhension de Tina pour les chevaux. Aussi la conduit-elle doucement vers les écuries.

— Tu sais, je crois qu'on ira plus vite si on traverse la forêt à cheval et ce sera bien plus amusant !

La petite s'arrête aussitôt de marcher.

— Non, je ne veux pas ! riposte-t-elle, alarmée.

— Bon, alors si tu préfères, on peut emprunter une seule monture et se mettre en selle ensemble, suggère Alice. Tu te mettras devant et j'aurai mon bras autour de toi. D'accord ?

Mais l'enfant secoue la tête avec anxiété :

— Non ! non !

— Très bien, ça n'a pas d'importance. On ira à pied.

Le visage de la fillette s'éclaire aussitôt.

— Ce n'est pas très loin, ajoute la détective.

Elles partent à travers les bois en direction du manoir. Mais au bout d'un moment, Tina donne des signes de fatigue et ralentit. Alice remarque aussi qu'elle devient nerveuse et inquiète.

— Ça ne va pas ?

L'autre hausse les épaules et murmure quelque chose d'inintelligible.

Mais quand elles parviennent en vue de la vieille

demeure, Tina stoppe et refuse d'avancer. Soudain, elle éclate en sanglots et, tournant les talons, elle s'enfuit en direction du ranch Rainbow.

Alice réussit à la rattraper. Mais au lieu de l'accabler de questions, elle essaie de la calmer. Elles reviennent ensuite chez Roger Harlow en parlant de choses et d'autres. Petit à petit, Tina semble retrouver un peu d'assurance. Elle questionne la détective sur ses enquêtes et sur son goût pour l'équitation. Cette dernière raconte comment elle a appris la voltige au centre équestre de River City, en montant Prince Noir, son cheval préféré.

Lorsqu'elles sont de retour au ranch, elles apprennent que M. Harlow a été faire un tour en ville, aussi Alice confie-t-elle sa jeune accompagnatrice à une employée.

En quittant le ranch, elle s'interroge encore sur l'étrange conduite de Tina. Qu'est-ce qui a pu l'épouvanter à ce point ?

Avant de rentrer chez elle, la détective décide de parler avec Pat O'Neil, le palefrenier chassé du ranch Rainbow puis de chez Hugh Morston. Elle sort de sa poche la fiche cartonnée sur laquelle l'inspecteur Hart a noté son adresse.

Elle arrive rapidement devant un petit bâtiment de deux étages. Elle demande à un homme mince qui sort de l'immeuble à quel étage habite le palefrenier, mais pour toute réponse, celui-ci pousse un grognement :

— Pat O'Neil, c'est moi. Qu'est-ce que vous me voulez ?

La jeune fille explique la raison de sa visite et lui demande s'il accepterait de répondre à quelques questions.

— Allez-y toujours, répond-il en haussant les épaules. Mais faites vite. Je dois aller au travail. Il faut que je sois à l'entrepôt dans vingt minutes.

— Pourquoi avez-vous perdu votre travail chez Roger Harlow ? commence Alice.

— Je me suis disputé avec son entraîneur, Kurt Jones, voilà pourquoi. Je vais vous dire, je connais les chevaux, moi, et je n'ai pas besoin qu'on me crie toute la journée ce que j'ai à faire. On ne s'est pas entendus : c'est un idiot, et un sale caractère en plus.

Pat O'Neil ponctue tous ses mots de mouvements crispés de la mâchoire.

— Et qu'est-ce qui s'est passé ensuite chez Hugh Morston, qui vous a embauché après votre licenciement du ranch Rainbow ? poursuit doucement Alice.

— Vous voulez dire pourquoi Morston m'a renvoyé aussi ? Pas la peine de tourner autour du pot. Je sais bien que les flics m'ont mis sur leur liste de suspects !

O'Neil semble furieux. Il continue :

— Écoutez, je reconnais que je suis plutôt nerveux. Quand quelque chose ne va pas, je le dis et cela ne plaît pas à tout le monde. Morston, par exemple. Ce type-là ne connaît rien aux animaux... et il n'aime pas qu'on le lui fasse savoir !

À ses réactions, la jeune fille voit que son interlocuteur adore les chevaux. Il a certainement un caractère ombrageux et difficile, mais elle devine qu'il doit être tout autre avec les bêtes.

— Qu'est-ce que vous pensiez d'Étoile Filante ? questionne-t-elle.

— C'est un beau pur-sang et il aura une belle carrière de champion devant lui, si M. Harlow parvient à le récupérer.

— Il était facile à diriger ?

— Vous plaisantez ! Ce cheval-là avait son caractère. Si vous saviez le prendre, il vous mangeait dans la main. Sinon, c'était un démon !

O'Neil se met à rire.

— Son meilleur ami au ranch, c'était un chat ! s'amuse-t-il. Il fallait voir ce matou perché sur la porte de sa stalle. On aurait juré qu'ils bavardaient tous les deux !

Il ajoute qu'il espère qu'Étoile Filante sera vite retrouvé et qu'il est prêt à aider Alice. Elle lui propose de le conduire à son travail et ils se séparent bons amis.

De retour chez elle, la détective troque sa tenue d'équitation contre un pantalon blanc et un cache-cœur. Sarah étant absente, elle décide de ressortir et d'aller chercher Bess et Marion pour les emmener à la galerie d'art de Velma Deene, à Fernwood.

Bess est enchantée de cette idée :

— Génial ! Je meurs d'envie de voir ces sculptures ! Les photos que j'en ai vues dans le journal sont superbes !

— Mouais... ce qui t'a surtout plu, c'est la photo

de l'artiste ! plaisante sa cousine. D'ailleurs, je reconnais qu'il n'est pas mal !

Les joues de la jolie blonde sont roses de plaisir lorsqu'elles arrivent à la galerie. Les œuvres sont exposées dans un angle de la pièce principale. Il y a là plusieurs personnes qui les admirent et les trois amies se dirigent avec précaution à travers les tables et les vitrines d'exposition.

Mais comme Bess examine un buste, une grande femme à l'allure sévère surgit soudain de la pièce du fond. Ses épais cheveux noirs sont séparés au milieu par une raie parfaitement dessinée et serrés en un mince chignon sur la nuque. Immédiatement, elle repère la détective et s'avance vers elle d'un air menaçant. Les mains sur les hanches, elle se plante devant le trio et lance d'une voix agressive :

— Que venez-vous faire ici, espèce de petite fouineuse ?

Alice la considère avec stupéfaction.

— Hein ? Je ne comprends pas...

— Ne jouez pas à la plus fine avec moi. Vous savez parfaitement bien ce que je veux dire ! rétorque l'autre sur le même ton. Vous êtes Alice Roy, n'est-ce pas ?

— Oui.

— Je vous avais reconnue ! J'ai vu votre photo dans le journal, à propos d'une publicité que vous tournez au ranch Rainbow. Et je suppose que c'est cette ordure de Roger Harlow qui vous envoie ici pour m'espionner !

Les yeux de Velma Deene flamboient de colère,

au seul nom de son ennemi de toujours. La jeune héroïne se rappelle ce que Roger Harlow lui raconté au sujet de la galeriste : lorsque Étoile Filante était un poulain, celle-ci a fait monter les enchères pour l'acheter elle-même. De plus, elle nourrirait une violente rancœur à l'égard de la fille du propriétaire du ranch Rainbow, Ella Harlow, contre qui elle a mainte fois perdu aux courses.

— Il me soupçonne probablement d'avoir volé son maudit cheval ! continue la femme en hurlant. Eh bien, je vous demande de quitter cette galerie sur-le-champ !

Alice comprend que Velma Deene est hors d'elle et qu'il vaut mieux obtempérer. Elle se tourne vers les cousines et murmure :

— Partons.

Elle se dirige vers la porte d'un pas lent. Marion la suit tout aussi calmement mais Bess est si troublée par cette scène qu'en avançant vers la sortie elle accroche une petite sculpture de céramique. L'objet tombe sur le sol et se brise en mille morceaux !

chapitre 11

Le tableau disparu

Au bruit affreux de la céramique brisée succède un lourd silence. Bess devient d'abord très pâle puis rouge de honte. Tout le monde la regarde !

Mais le pire est l'explosion de rage de Velma Deene :

— Regardez ce que vous avez fait ! s'égosille-t-elle. Vous avez détruit une des plus belles pièces de l'exposition ! Comment osez-vous entrer ainsi chez moi et tout abîmer ! Vous n'êtes que d'insupportables gamines !

Elle fonce vers Bess, comme pour la gifler, mais Alice s'interpose et tente de la calmer :

— Madame Deene, s'il vous plaît, ça ne sert à rien de faire une scène, lui dit-elle d'une voix posée. On va payer ce qu'on vous doit.

— Ça, je le croirai quand je verrai vos parents entrer ici avec l'argent, réplique la galeriste d'un ton sarcastique. En attendant, vous allez ramasser tout cela. C'est du vandalisme, voilà ce que c'est. J'étais sûre que vous alliez me causer des ennuis dès que je vous ai vues !

C'en est trop pour Alice.

— Bess, quel est le prix inscrit sur cet objet ? demande-t-elle.

La jolie blonde s'agenouille nerveusement sur le sol et ramasse le morceau de sculpture sur lequel est collée l'étiquette.

— Qu-qu-quatre-vingt-dix dollars, balbutie-t-elle.

Velma Deene lance un regard hautain à Alice comme pour lui signifier que cette somme est bien au-dessus de ses moyens. Mais à sa grande surprise, la détective sort un chéquier de son sac et y inscrit la somme à l'ordre de la galerie d'art.

— Bravo, Alice, souffle Marion. On te remboursera notre part dès qu'on sera à la maison.

Les autres visiteurs ont d'abord observé toute cette scène en silence. Mais il devient vite évident, à en juger par leur expression et leurs commentaires discrets, qu'ils désapprouvent l'attitude de Velma Deene. L'un d'eux se dirige même ostensiblement vers la porte avec une mine de dégoût.

Voyant cela, la galeriste paraît revenir à plus de raison :

— J'ai peut-être été un peu excessive, déclare-t-elle avec un sourire brusque, mais il faut dire que j'ai eu une semaine très fatigante, avec la préparation de cette exposition.

La détective lui tend le chèque, mais elle le repousse de la main :

— Non, non ! Vous n'avez pas besoin de payer, la galerie est couverte par l'assurance pour les accidents de ce genre.

L'autre insiste, mais Velma Deene ne veut rien entendre.

— Bien, comme vous voudrez, murmure Alice en remettant le chèque dans son sac.

Les témoins de cette scène sourient avec soulagement et regardent les filles sortir. La galeriste, un rictus figé sur les lèvres, tente ensuite de regagner tant bien que mal l'estime de ses clients.

Aussitôt dehors, Bess, désolée, éclate en sanglots :

— Oh ! gémit-elle. Casser une pièce de cette valeur, sous les yeux de tous ces gens ! J'ai cru mourir de honte ! En plus, cette femme est si désagréable !

— Allons, oublie cela, la réconforte Marion. D'ailleurs, Alice l'a bien remise à sa place.

— Quand même, reprend sa cousine, pleine de remords, j'ai brisé une sculpture de quatre-vingt-dix dollars !

La détective pose gentiment la main sur le bras de son amie.

— Ne t'inquiète pas...

Elle révèle alors que Velma Deene figure parmi les suspects possibles dans l'affaire du rapt d'Étoile Filante et ajoute que Roger Harlow a insisté pour payer la jeune détective à l'issue de son enquête.

— Je me servirai de cette somme pour régler la galerie, au cas où il y aurait un problème avec les assurances.

— Vraiment ? Je suis rassurée ! Mais ça n'excuse pas mon incroyable maladresse !

Dès le lendemain, les trois amies ont oublié ce fâcheux incident. Bess, qui n'a aucune scène à jouer ce jour-là dans le film de vampires de Ned, doit accompagner Marion chez leur grand-mère. Alice se rend donc seule au manoir Grimsby.

Un beau soleil illumine l'épaisse forêt d'arbres centenaires et la vieille maison, pour une fois, paraît presque accueillante, avec tous les membres du ciné-club qui vont et viennent.

La détective s'empresse d'enfiler son costume et de se maquiller avec l'aide de Sandy. Elle a une première scène à jouer avec Phil Jordan, l'accessoiriste, qui a revêtu pour l'occasion de vieux vêtements démodés, plutôt comiques. D'après le scénario, Alice doit paraître très agitée et inquiète à la suite des événements qui se sont produits dans le château la nuit précédente, et Phil doit s'appliquer à calmer ses craintes.

Malgré quelques hésitations sur le texte, dans les premières minutes, la scène est bientôt tournée. Ensuite, tout le monde met la main à la pâte pour monter les projecteurs et le reste du matériel au troisième étage. Là, la jeune héroïne est censée découvrir d'étranges empreintes dans une vieille chambre que personne n'a visitée depuis des années.

— Phil, approche ce spot un peu plus près, conseille Ned, comme ça, on obtiendra une lumière plus impressionnante avec des ombres sur les murs...

À peine achève-t-il ces mots qu'un bruit soudain dans l'escalier les fait sursauter.

— Qu'est-ce que c'est ? questionne le jeune cinéaste en haussant les sourcils.

— Aucune idée. On est tous ici, non ? Personne n'est resté en bas !

En effet, les membres du club sont au complet. Il y a un long silence, que Sandy finit par rompre :

— Eh bien, on dirait qu'on a de la visite, annonce-t-elle d'une voix mal assurée.

Ces paroles sont comme un signal et tous se précipitent sur le palier. Au second étage, Phil Jordan se tourne vers ses camarades :

— Venez ! appelle-t-il. Ça vient de la chambre du fond !

Il est le premier à entrer dans la pièce. Mais il n'a que le temps d'apercevoir deux silhouettes qui s'échappent par la fenêtre ouverte et glissent sur le toit de la véranda.

— Là ! Regardez !

Les autres le rejoignent et voient les ombres s'enfuir en courant vers le bois tout proche.

Tout le monde dégringole l'escalier pour tenter de les rattraper ou au moins de les identifier. Mais lorsqu'ils arrivent sur le perron, ils entendent une voiture s'éloigner.

— Je parie que ce sont Gwen et Lenny ! s'exclame Phil. Depuis le début, ils cherchent à nous mettre des bâtons dans les roues !

— Non, je ne crois pas, coupe Ned en secouant

la tête. J'ai eu l'impression qu'il s'agissait de deux hommes.

Alice demeure silencieuse. Elle repense à l'étrange message tracé dans la poussière sur la table en acajou.

Jugeant inutile d'épiloguer davantage sur cet incident, la petite bande se remet au travail. Vers le milieu de l'après-midi, ils ont déjà tourné un bon nombre de séquences.

— Génial ! s'exclame Ned, tout heureux. Si on continue comme ça, on finira plus tôt que prévu !

Puis, s'adressant à son héroïne, il ajoute :

— Tu te débrouilles très bien, Alice !

Les autres approuvent avec chaleur et la jeune fille rougit de plaisir.

Ayant terminé toutes les scènes dans lesquelles elle joue, Alice renfile ses vêtements et décide de rentrer à River City. Après avoir dit au revoir à ses amis, elle se dirige en chantonnant vers le hall.

Mais comme elle traverse une pièce qui conduit vers l'entrée, elle s'arrête net, intriguée. Quelque chose a changé dans le décor. Mais quoi ? Elle scrute lentement autour d'elle. Tous les meubles semblent à leur place. Puis, ses yeux glissent sur le mur et soudain, elle comprend ce qui a attiré son attention : *un des tableaux a disparu !*

chapitre 12

Un indice sur la route

Tout d'abord, Alice est incapable de s'expliquer la disparition de ce tableau. Pas plus qu'elle ne se rappelle quand elle l'a vu pour la dernière fois. Un cambriolage semble improbable, et aucun des membres du club n'a eu de raison de le décrocher.

Soudain, elle retient son souffle : ces deux intrus qu'ils ont surpris juste avant de tourner la seconde scène ! Seraient-ils venus pour le dérober ?

Pourtant, le léger bruit qui les a tous alertés ne venait pas de cette petite pièce, au bas de l'escalier...

Alice décide d'appeler Ned et les autres, pour en discuter.

— Tu crois que ces deux types ont pu l'emporter dans leur fuite ? questionne le jeune réalisateur, perplexe.

— En tout cas, intervient Phil Jordan, celui que

j'ai vu glisser sur le toit de la véranda ne transportait rien.

— Et quand ils couraient vers la forêt, ils ne traînaient aucun objet aussi encombrant. Du moins je n'en ai pas eu l'impression, ajoute Sandy.

La détective réfléchit, sans quitter le mur des yeux.

— Écoutez, reprend-elle brusquement, on parle comme si ce tableau avait toujours fait partie des biens du manoir Grimsby, non ?

— Bien sûr, pourquoi ? interroge Phil, surpris.

— Alors comment expliquer ceci ? poursuit la jeune fille en désignant le mur du doigt. On se rappelle tous un tableau de dimensions carrées, mais regardez ces traces sur le papier peint !

En effet, le vieux revêtement décoloré laisse clairement voir l'empreinte d'un cadre ovale !

— Tu as raison, Alice ! s'exclame son compagnon. Si la toile avait été là du temps des Grimsby, elle aurait forcément laissé des marques droites !

— Bizarre... ajoute Sandy en frissonnant.

Le petit groupe finit par se séparer, après avoir longuement médité sur de ce nouveau mystère. L'enquêtrice donne rendez-vous à Ned au campus de l'université plus tard dans la soirée, puis rejoint sa voiture. Elle reste un moment assise au volant, le moteur éteint, perdue dans ses pensées. Qui s'est emparé de ce tableau et pour quelle raison ? Cette disparition est aussi énigmatique que celle d'Étoile Filante. Ce n'est pas le premier événement étrange au manoir Grimsby... Alice songe au vase d'argent que Ned a trouvé ; de même que la toile, il ne faisait pas partie du mobilier et des objets d'origine de la vieille maison. Y a-t-il un lien entre les deux ?

Cette dernière réflexion décide la jeune héroïne à se rendre au commissariat pour voir si les recherches sur le vase d'argent ont progressé. Lorsqu'elle arrive devant le grand immeuble moderne, elle croise l'inspecteur Hart dans l'entrée.

— Oh, bonjour ! lui lance-t-il cordialement. Je suis désolé, M. Mac Ginnis n'est pas là. Mais j'ai du nouveau pour vous, au sujet du petit vase que vous avez rapporté.

— Vraiment ?

Les yeux d'Alice brillent de curiosité.

— Oui, cet objet aurait été volé récemment, dans une propriété de la région. Vous vous souvenez du W gravé sur sa base ? C'est l'initiale des propriétaires, les Waggoner, qui ont été cambriolés le 9 mai dernier.

La détective réfléchit un instant à cette nouvelle :

— J'ai autre chose pour vous, monsieur Hart.

Elle lui raconte l'épisode du tableau et ajoute :

— Il représentait une scène de chasse à courre, avec une meute de chiens et des cavaliers en tuniques rouges. Je l'avais remarqué parce qu'un des chevaux ressemblait beaucoup à un cheval que je monte souvent, Prince Noir. Vous pensez que cette peinture a pu être volée en même temps que le vase d'argent ?

— Facile à vérifier, répond le policier. Vous avez une minute ?

Il appelle l'ascenseur et tous deux montent au second étage. Quand ils sont assis dans son petit bureau, il sort un dossier d'un tiroir et le parcourt, feuille après feuille :

— Ah ! Voici la liste des objets et meubles disparus, annonce-t-il enfin.

L'instant d'après, son doigt s'arrête au milieu de la page.

— Voyons, voyons, j'ai ici la description d'un tableau qui aurait été volé le 21 juin dans une autre propriété. Il s'agirait d'une toile du XIXe siècle, représentant justement une scène de chasse à courre avec des cavaliers en tuniques rouges et une meute de chiens. Les dimensions du cadre seraient de 40 cm sur 50...

— C'est ça ! s'écrie son interlocutrice avec excitation. J'en suis certaine !

L'homme lui sourit.

— Eh bien, mes compliments. Nous venons de trouver une nouvelle piste.

— Mais, malheureusement, pas le tableau ! soupire Alice avec regret. Vous connaissez l'identité des cambrioleurs ?

— Non, pas vraiment. Toutes les routes autour de la forêt de Brookvale où les cambriolages ont été commis sont patrouillées jour et nuit. On pense avoir aperçu le voleur une seule fois, et encore il était déguisé ! C'est une des victimes qui l'a surpris dans son salon mais il s'est enfui aussitôt.

— Ça ne vous donne pas beaucoup d'indices, en effet...

— Mais ne vous inquiétez pas, sourit Hart, il faut seulement être patient. Encore un peu de temps, et nous résoudrons toutes ces énigmes... Avec votre aide, mademoiselle Roy, je suis certain que nous y arriverons !

Une heure plus tard, la jeune fille retrouve Ned à l'université, au moment où il sort de la chambre noire. Elle lui apprend aussitôt ce qu'elle sait au sujet du vase d'argent et du tableau disparu. Le garçon est stupéfait.

— Ces objets auraient donc été dérobés à d'autres propriétaires de la région, et entreposés au manoir... récapitule-t-il. Un peu bizarre, non ?

Alice fait une courte pause, puis lève les yeux sur son ami en souriant :

— Ça t'ennuierait de m'accompagner jusqu'à North Road, en lisière de la forêt de Brookvale ?

— Non, bien sûr, mais pourquoi ?

— D'après Hart, on y a vu passer un van noir, la nuit où Étoile Filante a été enlevé. Il pense que le cheval était peut-être dedans, et j'aimerais découvrir s'il n'y a pas des indices intéressants sur les lieux.

Avec un clin d'œil malicieux, elle achève ;

— Et ensuite je n'ai pas l'intention de te libérer, car je t'invite à dîner ! Sarah nous prépare un gratin de poisson et je sais que tu adores ça !

— N'en dis pas plus, tu m'as convaincu ! s'exclame Ned en riant. Partons tout de suite !

Ils parviennent bientôt à North Road, une large

route qui borde la forêt de Brookvale, et Alice ne tarde pas à repérer l'étang de la Tortue. Des témoins ont en effet signalé que le van était garé à proximité de cet étang.

Les deux amis se mettent à examiner le sol, observant avec attention l'herbe grasse qui borde la chaussée, et soudain la détective se baisse en retenant une exclamation :

— Regarde, Ned, on dirait le bout d'une courroie de ventilateur. Tu crois qu'il provient du fourgon ?

— Possible...

L'étudiant scrute l'objet avec soin et conclut :

— Si c'était le cas, ça ne nous suffirait pas à identifier la marque ou le modèle du véhicule.

Son amie réfléchit, les sourcils froncés.

— C'est vrai... en tout cas, si c'est bien la courroie du van, ça signifie peut-être qu'il est tombé en panne.

— Ça dépend du nombre de courroies qu'il y a dans le moteur. Si celle-ci était indispensable, les voleurs ont pu devoir s'arrêter non loin d'ici car leur moteur aura chauffé.

— Dans ce cas, les bandits ont dû être bien ennuyés ! Tu te rends compte, être bloqués sur cette route en pleine nuit avec un pur-sang volé ! Ils n'avaient sans doute qu'une solution : abandonner la fourgonnette et s'enfuir sur le dos du cheval !

Ned se met à rire :

— On se croirait dans un western ! Alors, qu'est-ce qu'on fait maintenant ?

— Très simple. On suit cette route et on cherche une camionnette noire abandonnée.

— Mais on ne sait même pas quelle direction ils ont prise.

— Eh bien, on essaiera les deux, réplique tranquillement la détective. Commençons par celle qui s'éloigne de River City.

— Logique, approuve le jeune homme.

Quelques instants plus tard, ils roulent à petite vitesse sur North Road. Au bout d'une dizaine de kilomètres, Alice saisit le bras de son compagnon :

— Ned, là-bas ! je crois que je l'ai vue !

chapitre 13

Alerte au feu !

Ned regarde dans la direction que lui indique son amie. Les rayons du soleil couchant les éblouissent et ne dévoilent que le sommet des arbres, plongeant le sous-bois dans la pénombre. Pourtant, l'étudiant découvre, à demi cachée par les arbres, une large masse sombre.

— Tu as raison ! s'exclame-t-il. On dirait que c'est le van !

Ils sautent de la voiture et courent vers le bouquet de pins. C'est bien la camionnette noire.

— Bravo, Alice ! s'exclame le jeune homme en lui saisissant le bras. C'est certainement le véhicule que recherche la police.

— Voyons s'il manque une courroie de ventilateur dans le moteur.

Ned soulève le capot qui est resté entrouvert et confirme la thèse de la détective. Il y a également plusieurs taches de rouille sur les ressorts, comme si l'eau bouillante du radiateur avait débordé. De toute évidence, le chauffeur sentant venir la panne a tourné en direction de la forêt afin de s'enfoncer le plus possible dans le sous-bois pour dissimuler son véhicule à la vue des passants.

— Si on ne l'avait pas trouvé aujourd'hui, je crois que ce pauvre van serait resté là pendant des mois ! remarque l'étudiant.

Alice se penche à l'intérieur.

— Regarde ! Ils n'ont même pas emporté les clefs. Elles sont toujours sur le tableau de bord !

— Ils s'en moquaient sans doute, puisque c'est une voiture volée.

Tout en parlant, Ned contourne le véhicule pour ouvrir la porte arrière. Mais elle est verrouillée.

— Ça, c'est étrange, commente sa compagne.

— Pourquoi ?

— Il a bien fallu qu'ils ouvrent cette portière pour faire sortir le cheval ! Pourquoi auraient-ils pris la peine de fermer celle-ci alors que les autres sont ouvertes et que les clefs sont à l'intérieur ?

— Hum, c'est bizarre, en effet, renchérit l'étudiant, pensif.

Soudain, son visage se crispe :

— Tu ne crois quand même pas qu'Étoile Filante est toujours à l'intérieur ?

— J'espère que non !

Ned saisit rapidement les clefs sur le tableau de bord et ouvre fébrilement la portière arrière du van. Avec un mélange de soulagement et de stupéfaction, ils constatent que le coffre est rempli d'outils de toutes sortes et de pièces de rechange : vieux pneus, batteries hors d'usage, le tout empilé n'importe comment. Et, à l'évidence, aucun cheval n'a pu entrer dans cet espace étroit, encore moins y être transporté dans la nuit du 4 juillet !

— Ça alors... lâche Ned, abasourdi. Qu'est-ce que ça veut dire ?

— Je n'en suis pas encore très sûre, mais je commence à avoir un sérieux soupçon, riposte sa compagne d'un ton mystérieux.

Elle retourne à sa voiture et prend un stylo et un carnet dans son sac, afin de noter l'immatriculation de la camionnette.

— Maintenant, on n'a plus qu'à tout fermer et à apporter les clefs à la police. Ça nous détournera un peu de notre route, mais on ne sera pas en retard pour le dîner.

M. Mac Ginnis et l'inspecteur Hart sont tous deux absents. Les jeunes gens confient le trousseau et les informations nécessaires à l'agent de permanence, et s'empressent de rentrer chez Alice pour le repas.

Ils terminent le dessert en compagnie de Sarah et de James Roy lorsque le téléphone sonne dans l'entrée. Alice court répondre et revient au bout de quelques minutes. Son visage revêt une expression si pensive que trois paires d'yeux la fixent d'un air interrogateur.

— C'était Mac Ginnis, explique-t-elle. Il a du nouveau sur le van noir qu'on a découvert, Ned et moi. D'après la plaque d'immatriculation, le véhicule aurait été volé à Keanesville quelques heures avant la disparition d'Étoile Filante. C'est certainement celui qui a été aperçu près de l'étang la nuit du vol.

— Je ne comprends pas, intervient son compagnon. Puisqu'on sait qu'il n'a pas pu servir au transport du pur-sang, pourquoi chercher un lien entre ce van et le rapt ?

— Parce qu'à mon avis il a été utilisé pour tromper la police et la lancer sur une fausse piste, décrète la jeune fille en souriant. Je crois que les bandit voulaient seulement *laisser croire* que le cheval avait été transporté dans cette camionnette. Si ça se trouve, Étoile Filante n'a même pas quitté la région !

Le lendemain matin, la détective se lève plus tôt que d'habitude. Elle a rendez-vous avec Tony Traynor et son équipe au ranch Rainbow pour tourner le deuxième clip publicitaire. Tout en s'habillant, elle songe qu'elle a tout juste le temps de passer prendre Prince Noir, son cheval préféré, au centre équestre de River City, et de se rendre avec lui à la propriété de M. Harlow. L'animal a besoin d'un peu d'exercice et elle pourra le montrer à Tina. La fillette a manifesté une grande envie de le connaître après avoir entendu parler de lui.

Quand l'enquêtrice arrive au ranch, Tony et ses assistants viennent de descendre de voiture. Orageux, l'étalon noir, n'a pas encore été sellé ni sorti de son écurie.

En voyant Prince Noir, le metteur en scène déclare :

— Votre cheval est vraiment somptueux, Alice !

Que diriez-vous de le monter à la place d'Orageux pour ce film-ci ?

— Avec plaisir, réagit la détective. Ça facilitera les choses !

En effet, tout se passe à merveille. L'animal est si habitué à sa cavalière qu'ils font ensemble un travail magnifique. Tony Traynor est enchanté de la rapidité avec laquelle ils terminent le tournage.

Au moment de remonter dans sa décapotable, il demande à la jeune fille :

— Seriez-vous d'accord pour tourner le dernier spot lundi matin ?

— Bien sûr, consent-elle avec un large sourire.

— Parfait, et cette fois-ci, il faudra trouver une monture dont la robe soit d'une autre couleur que noire ! plaisante-t-il en s'éloignant.

Avant de quitter le ranch, Alice réussit à s'approcher de Tina avec Prince Noir et même à convaincre la fillette de le caresser et de lui donner un morceau de sucre. Puis, elles font toutes les deux une promenade le long du ruisseau. Alors qu'elles bavardent, l'enquêtrice remarque un chat tigré de l'autre côté du filet d'eau. Il les observe avec une extrême attention. L'enfant devance la question d'Alice :

— Cette chatte est très sauvage ! annonce-t-elle. C'est Patches, elle vit à l'écurie. Mais j'aime beaucoup jouer avec elle. Elle s'entendait merveilleusement bien avec Étoile Filante. Tous deux paraissaient se comprendre. Maintenant, Patches est solitaire. Elle est perdue sans son copain. Depuis quelques jours, elle s'éloigne souvent du ranch. Elle ne revient qu'au bout de plusieurs heures. Je crois qu'elle se rend à la carrière désaffectée pour se morfondre.

Alice, cependant, considère le beau félin, se demandant où elle l'a déjà vu. Soudain, elle se souvient. C'est le chat qui a effrayé le cheval de Bess, le samedi précédent, quand les trois amies se sont promenées dans la forêt ! Tout en se remémorant cet épisode, l'enquêtrice raccompagne Tina au ranch Rainbow et repart pour River City.

Après avoir déjeuné avec Sarah, Alice se rend au manoir Grimsby pour rejoindre l'équipe du ciné-club. À son arrivée devant la vieille maison, elle trouve ses camarades occupés à décharger le matériel.

— Salut, Alice ! lance Ned. Alors, prête pour les grandes émotions ?

— Il faudra bien, renchérit Sandy White avec un large sourire. Aujourd'hui, on tourne la scène d'horreur dans laquelle...

Elle est interrompue par un cri de Phil Jordan :

— Hé ! Regardez là-haut !

Tous lèvent la tête vers une fenêtre du dernier étage d'où s'échappe une épaisse fumée noire.

— Oh ! Non, ce n'est pas possible, gémit le jeune réalisateur, désespéré. Pas un autre incendie !

En quelques secondes, un nuage opaque se forme et atteint la cime des arbres.

— Je ne vois pas de flammes ! s'étonne Alice, scrutant la vieille demeure d'un air anxieux.

— On n'a pas le temps de chercher ! décide Sandy. Vite ! Il faut que quelqu'un aille donner l'alarme.

Ned saute dans sa voiture, mais avant qu'il ne puisse démarrer, ils entendent au loin des sirènes de pompiers.

— On dirait que la fumée a déjà été repérée, commente Phil.

La détective réagit :

— En tout cas, il n'y a toujours pas de flammes et les émanations ne sortent que d'une seule fenêtre au premier étage, ce n'est pas normal ! Je vais aller voir de plus près !

— Non ! N'y va pas ! C'est dangereux ! hurle Ned, en bondissant de sa voiture.

Sans se préoccuper des protestations de ses amis, elle se précipite dans la maison et grimpe l'escalier, Ned sur les talons.

Parvenue au troisième étage, Alice ne voit toujours pas trace d'un feu, et pas davantage devant la porte du premier palier, qu'elle ouvre avec précaution, sans ressentir de chaleur. À travers l'épais brouillard, elle distingue alors un objet sur le sol d'où semble s'échapper le nuage opaque.

— C'est une bombe fumigène ! constate-t-elle.

Au même moment, ils entendent la sirène des pompiers dans l'allée et presque aussitôt les pas des hommes dans l'escalier.

À la vue de la grenade, le capitaine ne cache pas son mécontentement :

— Qu'est-ce que ça signifie ? Vous n'avez rien

de mieux à faire que de jouer ce genre de mauvais tour ?

Alice se raidit. M. Ullman, l'actuel propriétaire du manoir, pourrait avoir aussi ce genre de soupçon et, dans ce cas, l'accès à la vieille demeure leur serait définitivement interdit. Elle se tourne rapidement vers Ned :

— Quand cette fenêtre a-t-elle été ouverte ?

— Juste avant le déjeuner, répond-il. La pièce sentait le renfermé. Je l'ai ouverte moi-même pour aérer avant d'installer le matériel de tournage. Puis on est allés se restaurer au café Highlight.

— Cette mauvaise blague a donc été commise pendant le déjeuner, conclut la jeune héroïne.

Elle fait face au capitaine des pompiers et désigne la fenêtre du doigt :

— Quelqu'un a dû grimper dans cet arbre et jeter la grenade à l'intérieur, profitant de l'absence de l'équipe. On n'aurait jamais eu l'idée de faire une chose aussi stupide ; ça ne pourrait que nous apporter des ennuis.

L'un des pompiers intervient :

— Elle a peut-être raison, chef, regardez ! Cette bombe est équipée d'un système à retardement.

Tous constatent d'autre part que l'arbre est planté de telle façon qu'il est facile d'atteindre la fenêtre en passant par les plus hautes branches. Ned grimpe sur l'une d'elles pour examiner le tronc de plus près et, soudain, il pousse une exclamation :

— Hé, venez voir !

Tout le monde se presse devant la fenêtre ouverte.

L'étudiant montre du doigt des écorchures fraîches sur le bois. Puis, il se penche en avant et examine attentivement les feuilles :

— Et voilà la preuve que la grenade a bien été jetée de l'extérieur !

Il se redresse et brandit triomphalement un bout de tissu gris.

chapitre 14

Des cris dans la forêt

La découverte de Ned paraît convaincre les pompiers qu'aucun membre du ciné-club ne s'est amusé à leur jouer une mauvaise farce. Le petit bout de textile est là pour le prouver.

— Voyez vous-même, capitaine, ajoute l'étudiant en le lui tendant. Aucun d'entre nous ne porte un vêtement de cette couleur.

— Très bien, admet l'homme. Il semble que cette demoiselle avait raison. Quelqu'un est monté dans cet arbre et a jeté la bombe par la fenêtre.

— Peut-être est-ce la même personne qui a mis le feu à l'écurie, fait remarquer un autre pompier.

Un peu plus tard, ils prennent congé des jeunes gens qui commencent alors à travailler. Alice s'applique à jouer la scène d'horreur le mieux possible et, après seulement deux prises, Ned ordonne de couper, à la satisfaction générale.

La séquence suivante leur cause beaucoup plus

de souci. Sandy White a des difficultés à retenir son texte, ce qui incite le jeune réalisateur à retravailler le scénario et à opérer quelques modifications. Enfin la scène peut être jouée, et elle se déroule si bien qu'elle s'achève sur des applaudissements.

— Merci à tous, c'était parfait ! crie Ned à la cantonade, intimidé par les félicitations de son équipe.

Un troisième temps du film est tourné dans l'après-midi avec le même succès. Enfin, Alice peut monter se changer et se démaquiller, tandis que les autres rangent le matériel.

Son compagnon l'attend sur le perron du manoir.

— Tu crois que tu pourras revenir ce soir ? lui demande-t-il. J'aimerais tourner la première scène de nuit, en extérieur.

Elle approuve cette proposition avec enthousiasme :

— Oh oui, bien sûr ! Il nous faut des conditions parfaites ; ciel clair et pleine lune !

— Mais tu devras faire très attention à une chose, reprend l'apprenti cinéaste, soudain grave. Il y aura des vampires partout !

Il achève ces mots avec un cri terrible à faire dresser les cheveux sur la tête, qui fait rire la détective aux larmes.

— Sérieusement, je crois que je ferais mieux de venir te chercher. Sept heures, ce n'est pas trop tôt ?

— Non, ça ira. Je tâcherai d'être prête.

Sur le chemin du retour, Alice s'arrête à la bibliothèque municipale de River City. Elle a décidé de chercher des informations sur les courses de chevaux et s'est dit que cela l'aidera peut-être à trouver un indice sur la disparition d'Étoile Filante. Bien qu'elle s'intéresse depuis longtemps aux sports équestres, la jeune fille se rend compte qu'elle ignore presque tout de l'élevage des pur-sang et de leur commerce.

Elle gare sa voiture devant la bibliothèque et pénètre à l'intérieur. La salle de lecture est presque déserte à cette heure de la journée. L'enquêtrice se dirige vers le fichier et cherche à la rubrique *chevaux.*

Comme elle s'apprête à consulter les rayons, son attention est attirée par une silhouette familière : Hugh Morston, l'éleveur voisin du ranch Rainbow.

Il est debout devant la section des magazines et des quotidiens, en train de demander un renseignement, probablement un exemplaire ancien. La bibliothécaire tourne les talons et disparaît derrière une porte sur laquelle est inscrit : « *Réserve* ». Elle revient quelques secondes plus tard et tend à Morston un magazine illustré qu'il prend en la remerciant. Alice est sur le point de le saluer mais il ne l'aperçoit pas et va s'asseoir à une table, où il commence aussitôt sa lecture.

« Il ne m'a sans doute pas vue », réfléchit-elle, n'osant le déranger.

Elle découvre un rayon entier consacré aux chevaux et traitant le sujet sous tous ses aspects, depuis les concours hippiques, jusqu'aux soins, en passant par l'élevage et les courses. Il y a aussi de nombreux volumes sur les multiples races.

Alice choisit deux livres qui lui paraissent intéressants et cherche un endroit pour s'installer. En passant devant les tables de lecture, elle constate que Hugh Morston n'est plus à la sienne mais qu'il a laissé le magazine ouvert. Elle y jette un coup d'œil curieux et sursaute : c'est un exemplaire d'un mensuel célèbre intitulé, *L'Univers.* Sur la page de gauche, elle reconnaît une photo de Roger Harlow !

Sur le cliché, il paraît nettement plus jeune, avec des cheveux plus bruns et un visage plus mince. Elle s'approche du périodique et lit la légende. Il s'agit bien de l'éleveur, et la photographie date de dix ans.

Hugh Morston est donc venu chercher une anecdote sur le passé de son voisin. Pour quelle raison ? Et que raconte cet article ? Intriguée, la détective se penche plus près pour lire.

Il s'agit, en fait, d'une histoire compliquée entre Roger Harlow et un industriel nommé Karl Ainslee, dans laquelle de gros intérêts étaient en jeu, portant sur plusieurs millions de dollars. Les deux hommes étaient en concurrence sur le rachat d'une certaine société Ludex et la lutte paraissait féroce. Elle avait même donné lieu à un procès.

Alice se redresse avec un soupir et se rend au comptoir pour faire enregistrer les livres qu'elle veut emprunter.

Lorsqu'elle arrive chez elle, son père l'accueille en souriant, et pose son journal :

— Alors, comment se passe le film d'épouvante ?

— Très, très bien, pour l'instant, papa ! Je ne sais pas s'il remportera le concours, mais je suis sûre que Ned et les autres membres du club obtiendront une bonne note.

— Viens donc nous raconter tout cela pendant le dîner, ma chérie, interrompt Sarah. C'est prêt.

À table, James Roy et la cuisinière écoutent avec intérêt le récit du tournage de l'après-midi et l'histoire de la fausse alerte au feu.

Mais bientôt Alice change de sujet :

— Dis, papa, tu te rappelles une affaire déjà ancienne, peut-être dix ans, dans laquelle était impliqué Roger Harlow ? Il était en procès contre un certain Karl Ainslee pour le rachat d'une société appelée Ludex ?

L'avocat fronce les sourcils :

— Oui, vaguement, pourquoi cette question ? Autant que je m'en souvienne, Harlow et Ainslee s'étaient lancés dans une bataille acharnée pour acquérir cette entreprise qui était en difficulté à l'époque. C'était à qui achèterait la part la plus importante pour avoir le contrôle de l'affaire. Il me semble que c'est Harlow qui l'a finalement emporté, mais il s'est certainement fait de Karl Ainslee un impitoyable ennemi !

James Roy fait une pause.

— À propos de « business », Alice, tu me demandais l'autre jour des renseignements sur les propriétaires d'un cheval de course nommé Minaret ?

— Oui, tu as pu trouver quelque chose ?

— Il s'agit d'un groupement de trois associés,

dont Judd Bruce est le représentant. L'un de ses deux partenaires ne possède que dix pour cent des parts, mais l'autre est le plus gros investisseur puisqu'il en a plus de cinquante pour cent.

— C'est qui ?

— Ça, je l'ignore. Les noms des investisseurs ne sont pas toujours rendus publics dans ce type d'association.

À ce moment, ils sont interrompus par la sonnette de la porte d'entrée. C'est Ned. Alice se hâte de se préparer pour ne pas le faire attendre. Bientôt, ils roulent dans la voiture du jeune homme en direction de la forêt de Brookvale. Le ciel est parfaitement dégagé, d'un bleu profond et velouté, constellé d'étoiles. Une large lune orangée s'élève derrière les arbres au moment où le couple s'engage dans l'allée du manoir Grimsby.

— Le temps idéal pour tourner une scène de vampire ! estime la jeune héroïne avec enthousiasme.

La plupart des membres du club sont déjà là, s'activant à tout mettre en place pour la séquence. C'est l'un des épisodes les plus effrayants : Alice, son fiancé et le vieux docteur aperçoivent une étrange apparition derrière une vitre. Ils se ruent hors du manoir avec une lanterne. Ils ne voient d'abord qu'une ombre s'enfuyant derrière les arbres. Mais un peu plus tard, Alice, qui s'est aventurée derrière la maison, remarque une longue silhouette vaguement éclairée par les fenêtres du manoir. Celle-ci lui fait signe. Prenant l'ombre pour son fiancé, elle se précipite à sa rencontre et tombe... dans les bras du vampire !

Ned doit jouer le rôle du monstre et il va revêtir une cape noire, tandis que Sandy White le maquille admirablement avec les cheveux en arrière et d'immenses dents de chaque côté de la bouche.

Après le réglage des appareils et une brève répétition, le tournage peut commencer. Tout le monde fait silence et les acteurs se mettent en place. La caméra se braque sur Alice et la suit, tandis que cette dernière court vers la silhouette qui l'interpelle. À ce moment précis, un éclair de flash jaillit des arbres, jetant une vive lumière dans la nuit, l'espace d'une seconde. La détective, déconcertée, s'arrête net.

Des protestations et des cris de colère s'élèvent parmi les membres du club :

— Qui a fait cette blague débile ? s'exclame Sandy, furieuse.

— Sans doute les mêmes qui nous espionnaient hier ! réplique Phil Jordan.

Il s'élance dans la forêt, mais doit bientôt renoncer à retrouver les gêneurs dans la nuit noire.

Ned est aussi contrarié que ses camarades, mais il sent qu'il faut continuer sans perdre de temps.

— On pourra peut-être sauver une partie de la prise au montage, annonce-t-il.

— Mais si ces idiots recommencent et gâchent encore le tournage, qu'est-ce qu'on fera ? questionne Sandy.

Le jeune réalisateur écarte les bras en signe d'impuissance :

— On ne peut qu'essayer, répond-il. Sinon, autant abandonner tout de suite.

Ils reprennent donc la séquence une seconde fois. Mais au moment où Alice se précipite à nouveau vers le vampire avec un cri aigu, une clameur de rires moqueurs éclate tout autour d'eux dans les bois !

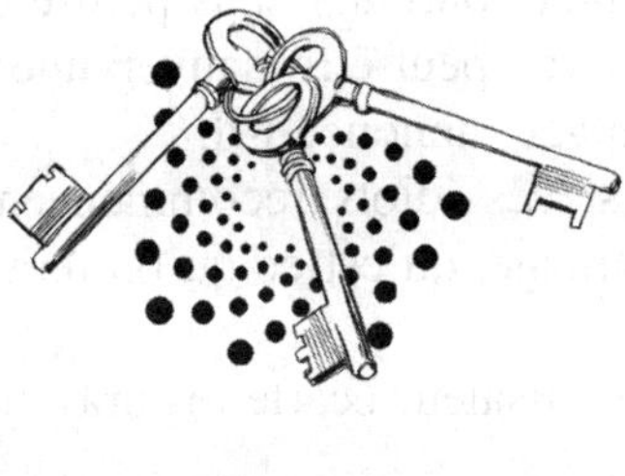

chapitre 15

Le piège du fantôme

Cette fois, c'en est trop ; la scène est gâchée et tous les membres du club sont furieux.

— Il faut attraper ces brutes ! décide Phil Jordan, hors de lui.

— Il n'y a pas assez de lumière, s'oppose Ned. On n'a aucune chance de les trouver dans l'obscurité.

À la hâte, chacun s'empresse de chercher dans les voitures et dans le manoir des torches électriques, puis le groupe s'éparpille dans les bois, à la recherche des saboteurs. Mais aucune silhouette n'apparaît dans le faisceau de leurs lampes. De temps à autre, un rire moqueur jaillit ici ou là, mais ils n'arrivent jamais à en surprendre l'auteur.

Le jeune réalisateur s'arrête au bout d'un moment, avec un soupir d'exaspération :

— Laissons tomber ! Ce jeu de cache-cache pourrait durer toute la nuit !

— Chut, Ned !

Alice lève le bras pour le faire taire. Tous deux viennent de se précipiter en même temps vers un buisson d'où, leur semble-t-il, une voix s'est échappée. Mais ils ne trouvent personne.

— Tu as vu quelque chose ? chuchote l'étudiant.

— Non, mais je suis certaine qu'on ne s'est pas trompés et que la voix venait bien de ce bosquet. Il faut s'en assurer : il y a forcément quelqu'un ou quelque chose caché ici !

Ils s'interrompent un instant et Ned promène le rayon de sa lampe dans l'épais feuillage. Et soudain, tout près d'eux, une voix aiguë les fait sursauter.

Le jeune homme pointe sa lampe et sa compagne pousse un hurlement :

— Regarde, là !

À demi caché sous les feuilles, ils découvrent un talkie-walkie. Un nouveau rire sournois s'échappe en même temps de l'appareil.

— Pas étonnant qu'on n'ait pu attraper personne ! grogne Ned en se baissant.

— N'y touche pas ! l'arrête son amie. J'ai une idée.

Elle scrute autour d'elle et ajoute :

— Est-ce que tu vas pouvoir te rappeler l'endroit exact où on se trouve ?

— Oui, pourquoi ?

— Viens, on va retrouver les autres, je t'expliquerai en chemin.

Tout en progressant vers le manoir, la jeune fille poursuit :

— À ton avis, d'où peuvent bien émettre nos mauvais blagueurs ?

— Aucune idée. Probablement depuis le milieu de la forêt, pas trop loin d'ici. En fait, ça dépend de la puissance de ces appareils. Certains peuvent émettre jusqu'à deux kilomètres.

— Dans ce cas, on perd notre temps à chercher ici.

Parvenus devant la vieille demeure, ils crient les noms de leurs camarades dans l'obscurité et Ned agite sa lampe électrique pour attirer leur attention. Bientôt, tous reviennent, bredouilles.

— Si je tenais ces gros malins, gronde Phil, je leur donnerais une de ces leçons !

Le couple leur raconte alors sa découverte.

— Il faut reconnaître qu'ils sont futés, conclut la jeune héroïne. Mais on sera plus forts qu'eux. Allez, rangeons notre matériel et éloignons-nous de ces lieux.

— Hein ? Tu veux qu'on abandonne le film ? proteste Sandy.

— Non, on ne va pas partir pour de bon, explique Alice. Je voudrais seulement qu'on s'éloigne assez pour que nos ennemis nous *croient* définitivement partis ! Ils ne voudront pas laisser leurs talkies-walkies dehors toute la nuit. On va donc les attendre et les surprendre lorsqu'ils viendront les récupérer !

L'équipe, convaincue par ces arguments, approuve le plan avec enthousiasme. Ils s'empressent de ranger leur matériel dans les voitures et éteignent toutes les lampes de la vieille maison. Ned ferme la grande porte à clef et tous embarquent en faisant délibérément claquer les portières et vrombir les moteurs, espérant ainsi être entendus par les farceurs. Mais ils ne vont pas plus loin que la lisière de la forêt, à l'embranchement de l'allée du manoir et de North Road. Ils garent les véhicules à l'abri des regards, reprennent leurs torches électriques et se glissent entre les arbres vers les abords de Grimsby.

— Il faut se séparer en petits groupes, souffle Ned. Et surtout ne vous faites pas voir !

Il refait avec Alice en sens inverse le chemin qui conduit au buisson où ils ont trouvé le talkie-walkie et ils s'accroupissent à proximité.

Plusieurs minutes s'écoulent. On ne perçoit pas un son, hormis le léger souffle de la brise dans les feuilles d'arbres, ou le hululement d'un hibou.

Soudain, un bruit de pas les fait sursauter.

— Attention, les voilà ! chuchote Alice, en saisissant le bras de son ami.

Une voix s'élève dans l'obscurité :

— On peut y aller ?

— Bien sûr, toutes les lumières du manoir sont éteintes, tu vois bien.

— Dépêchons-nous de récupérer le matériel et de filer, ajoute une troisième voix, puis avec un gloussement : Ha, ha ! Ils ont dû s'arracher les cheveux !

Presque aussitôt, une silhouette masculine s'approche du bosquet où Alice et Ned sont dissimulés. L'homme balaye les feuilles avec le faisceau de sa lampe à la recherche du talkie-walkie. Comme il se baisse pour le prendre, l'étudiant bondit et le saisit à bras-le-corps.

— Hé là ! hurle sa proie d'une voix terrifiée.

Mais le réalisateur, au lieu de lâcher prise, lui retourne le bras dans le dos pour l'empêcher de s'enfuir.

La détective, cependant, éclaire le visage de l'inconnu avec sa lampe. Stupéfaite, elle reconnaît le garçon au visage grêlé qu'elle a aperçu en compagnie de Gwen et de Lenny sur le campus universitaire.

Au même instant, deux autres étudiants sont capturés par les membres du ciné-club.

L'un d'eux finit par avouer piteusement qu'il s'est introduit l'après-midi dans le manoir et a glissé sur le toit de la véranda. Le garçon au visage grêlé, qui s'appelle Cliff, l'accompagnait.

— Gwen et Lenny nous avaient raconté le scénario de votre film, explique Cliff, et on a décidé de venir voir s'il était aussi bien qu'il en avait l'air.

— ... Et nous empêcher de le tourner jusqu'au bout ! complète Phil Jordan avec colère.

Le trio ne nie pas cette accusation. En revanche, ils assurent avec force qu'ils ne sont pour rien dans l'histoire du tableau disparu, de la bombe fumigène ou de l'incendie.

— On n'aurait jamais commis de tels actes, je vous le jure ! s'écrie celui qui semble être leur meneur. On voulait simplement vous espionner et vous retarder.

Alice, comme la plupart des membres du club, est tentée de le croire.

— Mais vous avez fait bien plus que ça, objecte Ned. Vous ne nous avez pas seulement fait perdre un temps précieux avec vos blagues débiles, vous avez aussi gâché plusieurs mètres de pellicule !

— On pourrait peut-être vous la remplacer, propose Cliff d'un air contrit.

— ... Et nous promettre de ne pas recommencer votre petit jeu. D'accord comme ça ?

Les trois coupables acquiescent et quittent les lieux, escortés par les sourires narquois et les quolibets des membres du ciné-club.

Après avoir ressorti le matériel des voitures, préparé le décor et les éclairages, la jeune équipe se remet enfin au travail et achève la fameuse scène. Il est près de onze heures quand ils coupent, satisfaits du résultat.

— Il va falloir mettre encore un sérieux coup d'accélérateur pour être prêts à temps ! remarque Ned.

Le lendemain, Alice revêt une paire de jeans et un sweat-shirt de coton, et part de bonne heure pour le manoir Grimsby. Comme elle dépasse l'opulente propriété de Hugh Morston, elle l'aperçoit dans un pré, en train d'examiner de jeunes arbres. Elle décide de s'arrêter pour le saluer.

— Tiens, Alice, sourit-il, que me vaut le plaisir de cette visite ?

La jeune fille lui raconte sans détours qu'elle l'a

aperçu la veille à la bibliothèque, plongé dans un magazine, et que la photo de Roger Harlow, sur la page laissée ouverte, l'a incitée à lire l'article sur son procès contre Karl Ainslee.

— Excusez-moi d'être indiscrète, mais pourquoi recherchiez-vous cet article ? ajoute-t-elle.

Morston paraît très embarrassé par cette question.

— Par simple curiosité, affirme-t-il en haussant les épaules.

— Pourquoi maintenant ? Vous connaissez ce Karl Ainslee ?

— Je ne le connaissais pas au moment de son litige avec Roger Harlow, mais je l'ai rencontré depuis.

Il s'interrompt une seconde, hésite puis reprend d'un ton bourru :

— Vous savez, je n'ai aucun renseignement sur cette affaire, hormis ce que nous en avons lu, vous et moi.

Mais la détective insiste d'un ton le plus aimable possible :

— Monsieur Morston, si vous saviez quoi que ce soit qui pourrait aider à résoudre l'énigme de la disparition d'Étoile Filante, ce serait d'un grand secours.

Le visage de son interlocuteur se détend légèrement et il ébauche un sourire :

— Chère mademoiselle, je ne peux vous apprendre qu'une chose concernant Ainslee : il s'est installé dans la région. Il a acheté une maison de

l'autre côté de la forêt de Brookvale, il y a à peu près un mois.

Alice juge très intéressante la nouvelle de l'établissement de Karl Ainslee dans la région. Si le vieil ennemi de Roger Harlow est venu s'installer si près, il peut bien être impliqué dans le rapt du pur-sang !

chapitre 16

Un éclair de beauté

— Merci beaucoup, monsieur Morston, articule lentement la détective. Vous venez de me donner un précieux renseignement.

L'homme hausse les sourcils.

— C'est pourtant une toute petite information, remarque-t-il. Si je peux encore vous être utile, n'hésitez pas à me demander, en tout cas.

— Je n'y manquerai pas. Merci encore !

Est-il possible que Karl Ainslee ait assez de rancune contre Roger Harlow pour lui dérober son cheval ? Après dix ans, cela paraîtrait surprenant. Et pourtant, les deux hommes ont engagé d'énormes sommes d'argent dans un procès où Ainslee a finalement perdu ses chances d'obtenir le contrôle de la société Mudex... Toutes ces pensées ne cessent de tournoyer dans la tête de la jeune fille tandis qu'elle roule vers le lieu du tournage. Elle décide de les chasser lorsqu'elle entre dans la cour où tous les membres du club sont déjà réunis.

Sandy White court à sa rencontre dès qu'elle pénètre dans le hall du manoir.

— Est-ce que j'ai l'air ridicule avec ce drôle de bonnet ?

Au ton de sa voix, Alice devine qu'elle est anxieuse à la perspective de jouer devant une caméra en présence de toute l'équipe.

— Pas du tout, tu es parfaite, assure l'enquêtrice avec gentillesse.

La première scène, ce matin-là, doit être tournée dans le salon. Sandy joue le rôle d'une voisine curieuse. Elle a vu passer une ombre revêtue d'une longue cape noire dans le parc, au crépuscule, et veut savoir si Alice a un nouveau soupirant.

Aussitôt que cette dernière est habillée et maquillée, la séquence commence. Tout se passe bien jusqu'à ce que Ned ordonne de couper et demande de changer les projecteurs de place afin de filmer les deux actrices de plus près.

— Hé, qu'est-ce que c'est que ça ? s'écrie soudain Phil.

Il lève la main pour faire taire ses camarades. Un bruit étouffé semble venir du sous-sol.

— On entend une sonnerie, constate le jeune réalisateur, en scrutant autour de lui. Quelqu'un est descendu à la cave ?

Les autres secouent la tête. Sans vouloir le dire, tous se doutent qu'un nouvel intrus vient les déranger.

— Je vais aller voir, déclare finalement Ned.

— Je t'accompagne, ajoute Phil.

Les deux garçons se dirigent vers l'arrière du manoir, suivis par le reste de la bande, avec un sentiment de malaise. Mais lorsqu'ils actionnent l'interrupteur au sommet de l'escalier, rien ne se produit. Il n'y a pas de lumière dans la cave.

— C'est bizarre. On a remplacé les deux ampoules juste avant le début du tournage, comme toutes les lampes du manoir. Elles devraient marcher.

— Tant pis. Allons-y quand même. La lueur de la lune à travers les fenêtres du sous-sol sera suffisante pour découvrir d'où vient ce son.

— Non, attendez ! coupe Alice, soucieuse. Ces escaliers sont trop raides pour s'y risquer dans le noir.

Elle court jusqu'à sa voiture et en revient avec une grosse torche électrique :

— Tiens, Ned, prends ça !

Son compagnon sourit et allume la lampe.

— Comme vous voudrez, chère amie !

Il commence à descendre les marches, suivi de près par Phil.

Ils ne sont pas encore en bas de l'escalier que leurs camarades entendent des exclamations de surprise.

— Qu'est-ce qui se passe ? crie Sandy.

— Ça alors, venez voir !

Tous se précipitent et s'arrêtent derrière eux : un fil d'acier a été tendu, à hauteur de cheville, sur la troisième marche !

— Eh bien, vous l'avez échappé belle ! s'exclame Alice, impressionnée. Vous auriez pu vous rompre le cou !

— Heureusement que tu as eu l'idée de nous donner cette lampe ! renchérit le jeune réalisateur avec un grognement.

Cependant, la sonnerie résonne toujours, plus distinctement maintenant. Tandis que Phil détache le filin, Ned poursuit ses investigations. Bientôt il revient vers l'escalier, portant l'objet du délit.

— Un réveil ! s'exclame Sandy. Pas possible ! Je me demande à qui il peut bien appartenir !

— Bonne question... murmure la détective. Et je ne m'explique toujours pas pourquoi les ampoules ne fonctionnent pas...

Elle se dirige vers le compteur électrique et se retourne au bout de quelques secondes.

— Essayez d'allumer maintenant.

Phil court actionner les interrupteurs en haut de l'escalier et les deux ampoules s'éclairent.

— Et voilà ! Les fusibles étaient tout simplement débranchés, explique Alice.

Maintenant, il est clair que quelqu'un cherche à leur nuire. Le réveil a dû être placé au sous-sol la nuit précédente et programmé pour sonner ce matin. Ainsi quiconque essayant de descendre à la cave dans l'obscurité pour trouver l'origine de l'alarme aurait trébuché sur le fil !

— Je ne comprends toujours pas très bien ce qui se passe, confie la jeune héroïne à son compagnon un peu plus tard, mais ça me paraît finalement plus grave qu'on ne le croyait.

Ned acquiesce, l'air soucieux :

— Tu as raison. Je me demande comment notre agresseur a bien pu tendre son câble hier soir.

— Il n'y a aucun signe d'effraction ?

— Non, la serrure n'a pas été forcée, j'ai déjà vérifié. Je suppose que l'intrus a dû passer par une fenêtre.

En dépit de ce désagréable début de journée, l'équipe peut tourner deux bonnes scènes avant le déjeuner. Le réalisateur rappelle alors à Alice qu'ils auront besoin de Bess dans l'après-midi pour jouer le rôle de la servante.

— Je sais, je lui ai téléphoné pour la prévenir. En fait, je lui ai promis d'aller la chercher. On sera bientôt de retour.

La coquette blonde est déjà prête quand son amie se gare devant chez elle. Elle l'accueille avec un sourire joyeux et agite ses boucles soyeuses avec excitation.

— Alors ? qu'est-ce que je devrai faire aujourd'hui ? interroge-t-elle en s'installant au côté de la détective dans la voiture.

— Oh ! Deux ou trois petites choses, réplique celle-ci d'un ton malicieux. Il y a notamment une scène où tu trouves les dents du vampire sous ton balai !

Alice ne joue pas dans la scène de la servante, aussi ne se costume-t-elle pas immédiatement.

Elle ouvre les rideaux du salon afin de faire entrer

plus de lumière dans la pièce, lorsqu'un éclat insolite, en provenance des buissons situés sous la fenêtre, attire son regard.

— Qu'est-ce que c'est que ça ? s'exclame-t-elle, intriguée.

Elle se précipite dehors et revient au bout de quelques minutes, les yeux ronds de surprise.

— Quelque chose ne va pas ? s'inquiète Bess qui descend l'escalier, habillée en servante.

Elle sursaute en découvrant l'objet que lui tend sa compagne :

— Une opale !

— Et elle est énorme ! renchérit Sandy, tandis que tous se rassemblent autour d'Alice pour contempler le bijou.

C'est en effet une pierre splendide, attachée à une fine épingle d'or.

— Je me demande comment cette broche a pu atterrir dans les buissons ! C'est incroyable ! murmure Ned.

La détective hoche la tête :

— Je n'en ai pas la moindre idée... mais je suis sûre de savoir à qui elle appartient ! J'ai vu ce bijou sur un tableau accroché dans le salon de Roger Harlow ! Il s'agissait d'un portrait de sa femme... Je le lui rapporterai demain.

Dès le matin, elle se rend en voiture jusqu'au ranch Rainbow. Tina court à sa rencontre aussitôt qu'elle l'aperçoit.

— Salut, Alice, tu viens pour jouer avec moi ?

— Oui, c'est en partie pour ça ! Mais je voulais aussi donner ceci à ton grand-père.

Elle ouvre la main et, à sa stupéfaction, voit la fillette pâlir de frayeur :

— Oh non ! gémit l'enfant. Ne fais pas ça !

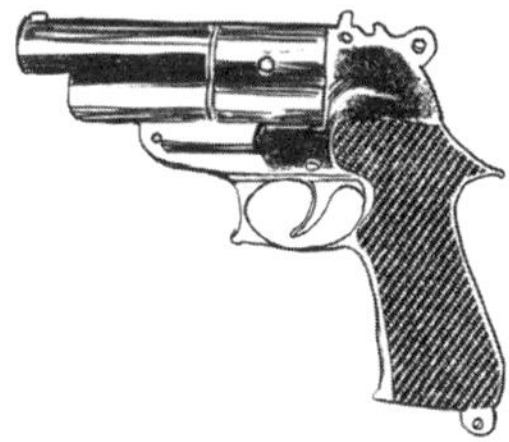

chapitre 17

Le secret de Tina

Alice est troublée par la violente réaction de la petite fille. Qu'est-ce donc qui la trouble à ce point ?

Tina, cependant, dévisage la détective d'un air hébété :

— Tu vas en faire quoi, maintenant ? questionne-t-elle tout en nouant et dénouant ses mains nerveusement.

— J'ai trouvé ceci dans un buisson, au manoir Grimsby, et il m'a semblé le reconnaître. Ce n'est pas l'opale que porte ta grand-mère sur le tableau ?

— Si, si, c'est à mamie ! Mais qu'est-ce que tu vas en faire ? répète l'enfant.

— La rendre, bien sûr. C'est ce qu'on doit faire quand on trouve quelque chose qui ne nous appartient pas, non ?

Mais la fillette continue à trembler et à lutter contre les sanglots :

— Alice, balbutie-t-elle, s'il te plaît, donne-moi

la broche et j'irai la remettre à sa place, dans le tiroir de la chambre...

Sa voix se brise :

— Et surtout, ne dis rien de tout ceci à Papy ! Oh ! S'il te plaît, promets-le !

La détective hésite :

— Voyons, dis-moi pourquoi tu es bouleversée à ce point ?

Et comme la petite secoue la tête, elle poursuit :

— Alors, explique-moi au moins comment ce bijou est arrivé jusqu'au manoir Grimsby ?

Tina refuse encore, agitant ses boucles blondes.

— Où est ton grand-père, ma chérie ? interroge Alice au bout d'un moment.

— Dans la bibliothèque, au téléphone. Mais ne lui dis rien !

Soudain l'enquêtrice prend une décision. Tendant la broche à la fillette, elle lui promet :

— Très bien, je n'insiste pas. Cours vite la rapporter là-haut.

Une expression d'immense soulagement remplace aussitôt les larmes sur le visage de l'enfant. Sans ajouter un mot, elle tourne les talons et s'enfuit avec le bijou.

« Je me demande si j'ai eu raison d'agir ainsi. pense Alice. J'espère au moins que ça me gagnera la confiance de Tina ! »

Elle s'apprête à remonter dans sa voiture lorsqu'elle entend la petite fille qui sort en courant de la maison :

— Attends ! crie cette dernière.

Elle s'approche et saisit la main de la jeune héroïne.

— Je veux te remercier.

— Il n'y a pas de quoi, ma chérie. Un jour peut-être tu auras envie de me raconter...

L'enfant hoche gravement la tête. Elle semble beaucoup plus calme, à présent.

— Je dois partir maintenant, déclare Alice. Mais je reviendrai demain matin pour tourner le dernier spot publicitaire. Je te verrai à ce moment-là.

Sur le chemin du retour, elle se souvient que Sarah lui a demandé de rapporter de l'aspirine. Elle s'arrête donc devant une pharmacie et entre. Tandis qu'elle fait la queue derrière une cliente, elle entend soudain une voix irritée, vaguement familière :

— Mais puisque je vous dis que je *dois* avoir un nouveau traitement ! Ce n'est pas comme si je n'avais pas d'ordonnance !

Levant les yeux, elle aperçoit une femme aux cheveux noirs, debout devant le comptoir du pharmacien. Celui-ci essaie patiemment de la raisonner :

— Je suis désolé, madame, mais la prescription n'est pas renouvelable. Je n'ai pas le droit de vous en donner davantage. Toutefois je peux appeler votre médecin pour lui demander son avis. Cela prendra juste un peu de temps, car mon collègue occupe la ligne.

— Hum, bon, admet la cliente, sèchement. J'espère que vous pourrez faire quelque chose rapidement. J'ai tant de mal à dormir en ce moment ! Je reviendrai plus tard !

Comme elle se retourne et se dirige vers la porte, Alice la reconnaît : c'est Velma Deene, la galeriste !

Une pensée soudaine traverse l'esprit de la jeune détective : est-il possible que les somnifères dont elle vient d'entendre parler aient été utilisés pour endormir Alf Greenfield, la nuit où Étoile Filante a été volé ?

Velma Deene s'éloigne sans avoir remarqué la détective qui paie sa boîte d'aspirine et quitte la pharmacie à son tour.

Peu après que les Roy ont achevé un paisible repas de dimanche, Bess, Marion et Ned passent pour prendre le café avec Alice. La jeune fille leur donne les derniers éléments de l'énigme du cheval volé. Elle évoque aussi sa rencontre avec la galeriste et l'idée qui l'a frappée, à propos des somnifères.

— Ça ne me surprendrait pas du tout d'apprendre que cette femme est mêlée d'une manière ou d'une autre à cette affaire, observe Marion. Si vous voulez mon avis, elle est capable de n'importe quoi !

— C'est vrai qu'elle est détestable, renchérit Bess. Je trouve même étrange qu'une femme comme elle puisse s'occuper d'une boutique d'art.

— Pourquoi ? questionne Ned en souriant.

— Eh bien, argumente la jolie blonde timidement, parce qu'il me semble que les gens qui aiment la beauté sont plus sensibles qu'elle. Mais c'est un avis tout à fait personnel.

Le lendemain matin, Alice s'éveille tout excitée : la journée s'annonce bien remplie. Non seulement il y a la réalisation du dernier clip publicitaire au ranch Rainbow et la suite du tournage au manoir Grimsby, mais elle a l'intuition que quelque chose d'important va se produire.

Tina l'attend devant la maison et se précipite dans l'allée dès qu'elle voit apparaître la voiture de la détective. Elle est très gaie et bavarde sans cesse :

— Les gens de la télévision sont déjà là ! M. Traynor est en train de choisir le cheval que tu vas monter : c'est Oiseau de Feu, la jument de ma mère. Tu verras, elle est magnifique ! Maman l'a entraînée elle-même et elle sait tout faire. Je parie que M. Traynor l'a choisie parce que sa robe est de la même couleur que tes cheveux !

L'enquêtrice rit :

— Peut-être, ma chérie. Je vais les rejoindre. Tu viens avec moi ?

Mais l'enfant secoue la tête :

— Non, je préfère aller m'asseoir à ma place habituelle, près du ruisseau.

Et elle s'enfuit.

En se dirigeant vers les écuries, Alice rencontre Roger Harlow.

— Tina m'apprend que je vais monter la jument de votre fille, dit-elle en lui serrant la main. J'espère que ça ne vous ennuie pas ?

— Pas du tout, au contraire, assure l'éleveur. Ma petite-fille est-elle à la maison ?

— Non, elle est allée au ruisseau pour observer le tournage.

M. Harlow sourit et reprend avec chaleur :

— Vous savez, Alice, Tina est presque redevenue comme autrefois et c'est grâce à vous ; je ne sais comment vous remercier !

La jeune héroïne lui rend son sourire :

— Je suis heureuse d'avoir pu vous aider un peu.

Pourtant, en quittant le propriétaire du ranch, elle se dit qu'elle n'a pas encore gagné complètement la confiance de l'enfant.

Ce matin-là, Tony se montre particulièrement satisfait du tournage :

— Alice, vous êtes absolument ravissante sur ce cheval. Vous offrez tous les deux un parfait tableau. Chaque film que nous faisons est meilleur que le précédent !

L'équipe, cependant, range le matériel dans un énorme camion et se prépare à repartir pour New York. Traynor se tourne vers sa vedette et ajoute encore, avant de la quitter :

— En tout cas, si vous décidez un jour de faire carrière dans le cinéma, surtout appelez-moi !

Alice le remercie chaleureusement :

— C'est gentil, mais je ne pense pas que le métier d'actrice soit fait pour moi. Enfin, si je change d'avis, comptez sur moi pour vous contacter !

Elle regarde s'éloigner le semi-remorque en agitant la main. Après quoi, elle continue de monter Oiseau de Feu quelque temps, car la jument semble apprécier l'exercice. Enfin, la jeune fille saute à terre et ramène sa monture jusqu'aux écuries où elle la confie à un jeune palefrenier.

En sortant, elle trouve Tina qui l'attend, un gros ballon de plage sous le bras.

— Tu veux jouer avec moi ?

— Bien sûr, ma chérie.

Ensemble elles traversent le ruisseau et se rendent dans un pré, non loin de là. La fillette bondit avec beaucoup d'agilité, ses boucles blondes volant autour d'elle. Mais soudain, en voulant rattraper la balle qui passe au-dessus de sa tête, elle perd l'équilibre et roule sur une pente raide en direction d'une mare boueuse !

chapitre 18

Le retour d'un suspect

Emportée par sa chute, Tina réussit tout de même à s'agripper à des buissons et à s'arrêter, à deux pas de la mare.

— Tu ne t'es pas fait mal ? s'écrie Alice essoufflée, en arrivant auprès d'elle.

— N-n-non, je ne crois pas, balbutie-t-elle.

La détective l'aide à remonter la pente. À part quelques égratignures et un accroc à son tee-shirt, la fillette n'a rien.

— Ça te pique un peu, non ? interroge la jeune héroïne en désignant les écorchures.

L'autre hoche timidement la tête.

— Viens, on va trouver de quoi te soigner.

Elle a remarqué un placard à pharmacie à l'entrée des écuries.

Après avoir nettoyé les plaies avec du coton et de l'eau chaude, Alice s'apprête à les badigeonner de mercurochrome.

— Attention, ça risque de faire un petit peu mal.

Mais à ce moment-là, Tina, qui a réagi courageusement jusqu'à présent, perd toute contenance. Lorsque l'enquêtrice s'approche d'elle avec le flacon dans la main, l'enfant pousse un hurlement de terreur et s'enfuit à toutes jambes !

Très étonnée, la détective rebouche la petite bouteille et court derrière elle. Pensant que la fillette craint le picotement du désinfectant sur ses coupures, elle tente de la rassurer :

— Ne t'inquiète pas, tu ne sentiras presque rien ! crie-t-elle. Viens, on va chercher dans la maison quelque chose d'autre pour soigner ces égratignures.

L'employée de M. Harlow apporte un autre antiseptique et, cette fois, Tina ne sourcille pas tandis qu'Alice l'applique en tapotant doucement. Elle paraît surtout complètement absorbée par le timbre collé sur la lettre qu'elle vient de recevoir de ses parents.

Habituellement, cet incident banal n'aurait pas retenu l'attention de la jeune héroïne mais elle ne peut s'empêcher de trouver intrigantes les sautes d'humeur de la fillette.

Elle s'apprête à quitter le ranch, lorsque l'enfant accourt de nouveau vers elle.

— Alice, Alice, attends ! On te demande au téléphone !

Cette dernière se précipite dans la maison et sa jeune accompagnatrice la conduit vers le salon. L'enquêtrice décroche le combiné.

C'est James Roy.

— Allô, ma chérie ? Je pensais bien te trouver au ranch Rainbow. Écoute, un de mes collaborateurs vient de m'apporter une information qui devrait t'intéresser. Tu as de quoi écrire ?

Alice saisit un bloc sur la petite table du téléphone :

— Oui, vas-y, papa.

— C'est à propos de Pepper Nash, le jockey sur lequel tu m'as demandé de me renseigner. Il paraît qu'il a vécu en Angleterre où il a continué à courir, depuis qu'il est parti d'ici. Mais il vient de rentrer aux États-Unis, il y a environ un mois, et il habite maintenant au numéro 172 de l'avenue Hickory, à River City.

Sa fille est impressionnée par tant de précision.

— Bravo, excellente information ! Je vais y aller tout de suite. À ce soir.

— À ce soir, chérie. Et conduis prudemment, répond James Roy avant de raccrocher.

Tout en se dirigeant vers River City, Alice réfléchit à ce dernier événement. Le fait que Pepper Nash soit revenu en Amérique quelque temps avant le rapt d'Étoile Filante le désigne évidemment comme un suspect de premier plan.

Elle trouve la maison du jockey à l'adresse indiquée. Elle sonne à la porte. Un jeune homme blond, mince et de petite taille se présente. Il n'a pas trente ans. Il fait entrer la visiteuse.

— Excusez le désordre, sourit-il en l'introduisant dans son salon. Je ne suis pas très fort pour le ménage !

Il déplace une pile de magazines et s'assoit en face d'elle.

— Qu'est-ce que je peux faire pour vous ? interroge-t-il en la regardant dans les yeux avec franchise et amabilité.

— Je crois que vous rentrez d'Angleterre, commence Alice. Vous avez participé à des courses là-bas ?

— Bien sûr !

Il se lève prestement et lui apporte un épais volume relié de cuir.

— Mon album ! annonce-t-il fièrement tandis qu'elle feuillette les pages couvertes de photos et d'articles élogieux.

— Félicitations, sourit Alice.

Puis levant les yeux vers lui :

— Vous devriez montrer ça à Roger Harlow.

Le visage de Pepper se ferme aussitôt.

— Qu'est-ce que vous voulez dire ? Ah ! Vous êtes au courant de cette vieille dispute ?

La jeune fille acquiesce et il poursuit :

— Eh bien, une des raisons de mon retour ici est précisément de dissiper ce malentendu. Je sais qu'il pense que j'ai triché dans une course – bien qu'il ait eu la décence de ne pas répandre cette idée et de ne pas ruiner ma réputation. Mais quelqu'un d'autre a entendu notre querelle et s'en est chargé à sa place...

— Qu'est-ce que vous comptez faire maintenant que vous êtes de retour ?

— Lui faire comprendre que j'étais une tête de

mule à l'époque ! Je pensais que les instructions qu'il m'avait données n'étaient pas bonnes. Il voulait que je retienne le cheval au début et que je n'accélère que dans le dernier virage. Mais j'ai fait comme je l'entendais, moi. J'ai lancé ma monture au triple galop dès le début et j'ai été battu sur la fin... de deux longueurs ! J'étais furieux contre moi-même et le savon qu'il m'a passé m'a rendu encore plus furibond. C'est pourquoi je n'ai pas voulu reconnaître ma faute.

Pepper se lève et arpente la pièce :

— Je crois que j'ai mûri depuis cette époque. Je compte aller trouver Roger Harlow pour m'excuser et lui demander de me donner une nouvelle chance.

— J'espère que vous y parviendrez, lui souhaite Alice avec chaleur.

Comme elle s'apprête à partir, il lui lance soudain :

— Au fait, vous ne m'avez pas dit pourquoi vous êtes venue me voir ? Vous êtes journaliste ?

La détective sourit.

— Non, à vrai dire, je cherche à résoudre une énigme. Je suis venue vous voir à propos du rapt d'un cheval nommé Étoile Filante. Mais je suis certaine maintenant que vous n'avez rien à voir, de près ou de loin, avec cette affaire.

Nash a compris. Il regarde son interlocutrice droit dans les yeux :

— J'ai lu en effet dans les journaux l'histoire de cet enlèvement. Vous avez raison, je n'ai rien à voir là-dedans et je n'ai rien à vous apprendre non plus.

J'espère qu'Harlow pourra le retrouver : d'après ce que je sais, ce pur-sang est un grand champion.

Il ouvre la porte d'entrée pour laisser sortir Alice et la salue poliment.

Avant de se rendre au manoir Grimsby, la jeune héroïne déjeune rapidement dans un petit café du centre-ville. Tout en mangeant, elle réfléchit à sa rencontre avec le jockey. Si elle n'a pas obtenu d'élément nouveau pour son enquête, elle a au moins éliminé un suspect.

Bientôt elle reprend la route, impatiente de retrouver ses amis du ciné-club. Cette fois, elle sera spectatrice ; les scènes où elle joue sont terminées.

Ned l'accueille joyeusement dans la cour du manoir. Il explique qu'il espère bien progresser ce jour-là et peut-être même gagner un jour sur le planning. Toute l'équipe semble en très grande forme et les choses, en effet, se déroulent à merveille.

Entre deux séquences, Alice sort pour prendre l'air et marcher un peu. Le soleil brille entre les arbres et seules les ruines des écuries incendiées témoignent des ennuis passés.

De la paille jonche le sol à proximité. Ce n'est pas la première fois que l'enquêtrice remarque ce tapis de foin, mais, soudain, elle se fige comme frappée par la foudre. Le vieux manoir Grimsby est abandonné depuis des années... or, ceci est de la *paille fraîche* !

La jeune fille réfléchit rapidement. Toutes les pièces du puzzle s'assemblent d'un coup : pas de doute, *un cheval a été retenu ici récemment* ! Bien sûr, et c'est précisément la raison pour laquelle l'écurie a été brûlée : pour empêcher les membres du ciné-club de découvrir la manœuvre ! Quant au vase d'argent et au tableau disparu, Alice sait déjà qu'ils proviennent de cambriolages de maisons de la région... Tout s'éclaire alors dans son esprit : le manoir a servi d'entrepôt, en attendant que la marchandise volée soit écoulée ! Mais, malheureusement pour les bandits, le ciné-club de Ned est venu bousculer cette belle organisation !

Une question traverse alors l'esprit de la jeune héroïne... Existe-t-il un lien avec ce qui s'est passé après la chute de Tina, quand la fillette a été effrayée par la vue du flacon de mercurochrome ?

Brusquement la dernière pièce du puzzle se met en place : en un éclair, la jeune détective comprend pourquoi la petite-fille de Roger Harlow a eu si peur !

Sans plus attendre, elle bondit dans sa voiture et file au ranch Rainbow : elle est décidée à obtenir le fin mot de l'histoire de Tina !

chapitre 19

Une fourrure poussiéreuse

Alice gare sa voiture dans l'allée du ranch Rainbow et court sonner à la porte. L'employée lui répond que Tina est sortie avec un livre.

— Elle est sans doute quelque part derrière la maison, voulez-vous que je vous aide à la chercher ?

— Non, merci, réagit la détective.

La fillette est assise dans le coin d'un hangar, profondément absorbée dans la lecture d'un album. Mais à la vue d'Alice, elle bondit sur ses pieds et abandonne son ouvrage.

— Oh, salut ! Tu es venue seulement pour me voir ?

— Tu as deviné !

Elle est soulagée de trouver Tina d'humeur joyeuse. Cela facilitera l'interrogatoire.

La détective la fait asseoir auprès d'elle et saisit doucement sa main :

— Je suis venue te parler de quelque chose de sérieux, ma chérie.

— Quoi ?

— Je voudrais que tu m'expliques ce qui t'a effrayée quand tu as vu le flacon de mercurochrome.

L'enfant baisse les yeux et demeure muette.

— Tu dois me faire confiance, insiste Alice. Tu sais que je ne te veux que du bien.

Elle scrute la fillette. Celle-ci reste immobile, le regard braqué vers le sol.

Puis, de grosses larmes glissent le long de ses joues rebondies.

— Parle-moi, Tina...

La petite lâche un soupire sonore. Alors elle lève lentement la tête et articule :

— Ce qui m'a fait peur... c'est la tête de mort sur l'étiquette du flacon...

— C'est un symbole pour prévenir les gens de la dangerosité du produit, explique Alice.

— Je sais... mais, récemment, j'ai vu une *vraie* tête de mort.

Elle lance à son amie un regard terrifié.

Aussitôt, comme vaincue par toute la tension qu'elle a supportée ces jours derniers, Tina éclate en sanglots. L'instant d'après, elle raconte tout.

— Tout a commencé avec le bijou de mamie... commence-t-elle d'une voix tremblante. J'adorais ma grand-mère. Et j'étais folle de sa broche d'opale. Elle la portait tout le temps. Après sa mort, Papy l'a rangée dans un tiroir de sa chambre. Un jour qu'il était absent, je l'ai essayée et j'ai décidé de la porter sur mon gilet. J'étais sûre que la pierre était magique...

Tina marque une pause pour renifler. Elle reprend d'un air embarrassé :

— J'ai couru jusqu'à Grimsby, malgré les avertissements de mon grand-père. Il n'aime pas que j'aille dans des endroits aussi isolés. Mais, tu sais, Alice, j'adore les récits imaginaires... C'est pour ça que je lis tout le temps. Le vieux manoir, avec son décor un peu fantastique, semblait l'endroit idéal pour vivre des aventures merveilleuses... comme me transformer en princesse, par exemple !

Elle s'interrompt et observe la détective d'un air gêné. Cette dernière sourit et la rassure aussitôt :

— Moi aussi je rêvais de devenir une princesse quand j'avais ton âge !

L'enfant paraît soulagée. Elle poursuit son récit :

— Ce jour-là, j'ai trouvé la porte du manoir ouverte et j'ai entendu des voix à l'intérieur. Je me suis approchée pour regarder par une fenêtre et j'ai vu un homme que je ne connaissais pas. Il m'a vue aussi ! J'ai eu si peur que je me suis sauvée ! Mais j'ai trébuché sur une grosse racine d'arbre. Je suis tombée et la broche s'est détachée de mon gilet. J'étais tellement paniquée que je n'ai pas pris le temps de chercher le bijou dans les buissons... Je me suis relevée, et j'ai couru jusqu'au ranch.

— Bien sûr, commente Alice. Tu étais très effrayée.

— Plus tard, j'ai passé une partie de la nuit éveillée. J'étais désolée d'avoir perdu l'opale de ma grand-mère... et je me demandais ce qui arriverait si Papy découvrait que le bijou avait disparu. C'était affreux ! Je ne pouvais pas rester comme ça dans mon lit. Finalement je me suis levée, je suis descendue sur la pointe des pieds et je suis retournée dans la forêt.

— Tu es retournée jusqu'au manoir pour retrouver la broche ? Toute seule dans l'obscurité ?

Alice serre la petite fille contre elle et ajoute :

— C'était courageux !

— M-M-mais non, je n'ai pas été courageuse du tout, une fois dehors ! Parce que... c'est alors que c'est arrivé !

La voix de Tina se brise.

— Quoi ? Qu'est-ce qui est arrivé ? presse la détective. Tu peux me le dire...

— J'ai eu une vision d'horreur. Une image terrifiante. Au beau milieu de la forêt. Un homme entièrement vêtu de noir, avec, sur son torse, une énorme tête de mort lumineuse. Il était monté sur un immense cheval et ils galopaient droit sur moi ! J'ai eu si peur ! J'ai hurlé, hurlé comme jamais, et je suis rentrée à la maison en courant de toutes mes forces !

La fillette pleure maintenant sans pouvoir s'arrêter. Alice la berce doucement dans ses bras pour la calmer.

« Pauvre petite, pense-t-elle, pas étonnant qu'elle soit terrorisée par les chevaux depuis cet épisode. »

Et elle ajoute à voix haute :

— Écoute, Tina, ce que tu as vu, cette nuit-là, c'est un méchant homme qui a voulu t'effrayer en se déguisant. Il a dû mettre un de ces costumes comme on en voit au carnaval ou dans les films d'horreur.

Quand l'enfant est à nouveau capable de parler, elle raconte qu'après être rentrée au ranch et s'être enfouie sous ses couvertures, elle a fait un affreux cauchemar à propos de cette tête de mort à cheval.

— Depuis, tout m'effraie. Je me suis mise à haïr les chevaux, alors qu'avant je m'occupais d'eux tout le temps. Surtout, je crains de croiser encore cet homme terrifiant ! conclut-elle enfin, dans de nouveaux sanglots convulsifs.

— Ne t'inquiète pas, ça ne se produira pas, assure l'enquêtrice. Ce type est un cambrioleur et les policiers le recherchent actuellement. Il ira bientôt en prison pour avoir dévalisé plusieurs maisons de la région.

Tina sèche ses larmes, sa curiosité s'éveille. Elle lève les yeux vers Alice :

— Je ne savais pas que les cambrioleurs montaient à cheval.

— Celui-là oui, sourit la jeune fille. La nuit, sur les routes, il y a des voitures de police qui traquent les voleurs comme lui. Voilà pourquoi il a eu l'idée de parcourir la forêt à cheval, comme ça les inspecteurs ne pouvaient pas le voir ! Ensuite, il ramenait sa monture dans l'écurie du vieux manoir, où personne ne risquait de le découvrir puisque Grimsby est inhabité depuis des années, et il venait le reprendre la nuit suivante pour un autre cambriolage.

— Mais alors ce pauvre cheval a été brûlé dans

l'incendie de l'écurie ! s'exclame la petite-fille de Roger Harlow avec effroi.

Alice secoue la tête.

— Non, je suis sûre qu'il a été déplacé avant, lorsque les voleurs ont découvert que le ciné-club allait s'installer pour plusieurs jours au manoir. Je voulais t'emmener là-bas assister au tournage, tu te souviens ?

La fillette acquiesce et l'enquêtrice poursuit :

— À vrai dire, je suis à peu près certaine que le cheval sur lequel était montée la tête de mort n'est autre qu'Étoile Filante. C'est le pur-sang le plus rapide de la région : quoi de mieux pour des bandits qui ont besoin de se faufiler vite en pleine forêt et au milieu de la nuit ?

— Mais s'il a été déplacé avant l'arrivée de l'équipe du ciné-club, où est-il maintenant ? demande Tina, les yeux écarquillés.

La jeune fille hausse les épaules.

— Ça, je l'ignore encore. Mais j'ai bien l'intention de le découvrir ! En attendant, séchons ces larmes de ta figure, ma chérie.

Comme elles se dirigent vers la maison, elles voient Patches, la chatte tigrée, passer tout près d'elles. Le félin s'assied un peu plus loin, près du ruisseau, et se met à lécher soigneusement sa fourrure.

La détective s'arrête net. Une nouvelle pièce du puzzle vient de se mettre en place !

Puisque Patches vit dans les écuries, elle a sans doute « vu » le rapt d'Étoile Filante ! Et le jour où elle a effrayé la monture de Bess, elle revenait peut-être du manoir Grimsby ! En tout cas, c'était bien cette direction.

— Qu'est-ce qui se passe, Alice ? interroge Tina.

— Regarde Patches : elle est pleine de poussière. Tu sais où elle a pu se salir comme ça ?

L'autre a l'air surpris :

— Euh... non... Elle va et vient partout, pourquoi ?

— Tu m'as bien raconté qu'Étoile Filante et elle étaient les meilleurs amis du monde, hein ?

— Oh, oui ! réagit l'enfant dont le visage s'éclaire. Les palefreniers disaient même qu'ils *parlaient* ensemble. C'était vraiment drôle de les voir !

Alice écoute avec attention :

— Tu vois, Tina, je suis certaine qu'Étoile Filante n'est pas loin d'ici. Je pense même que Patches sait peut-être où il se trouve !

La petite pousse une exclamation de surprise :

— Vraiment ?

— Oui. Regarde cette poussière blanche sur sa fourrure. Tu n'as pas une idée de sa provenance ?

Elles s'approchent de la chatte et la fillette l'examine attentivement, puis secoue la tête. Le félin interrompt sa toilette et les regarde placidement de ses yeux topaze.

— Attends ! s'exclame soudain la petite-fille de Roger Harlow. Je crois que je sais ! Je parie qu'elle vient de l'ancienne carrière !

— Tu es déjà allée là-bas ?

— Oui, bien sûr, très souvent, jusqu'à ce que

grand-père me l'interdise, car ça pouvait être dangereux. Mais je m'en souviens, chaque fois que je revenais de là-bas, j'avais toujours les chaussures couvertes de cette poussière blanche !

Alice a déjà entendu parler de cette carrière désaffectée, mais elle n'y est jamais allée.

— Tu pourrais m'y emmener, Tina ?

— Bien sûr, surtout si tu penses y trouver Étoile Filante !

— Alors, vite, grimpe dans la voiture !

En chemin, elles croisent Kurt Jones. L'entraîneur leur jette un regard curieux, mais se contente de toucher sa casquette et d'incliner la tête poliment en direction d'Alice, avant de continuer sa route vers les écuries.

La détective se retourne vivement : Jones porte un pantalon gris, du même gris que le morceau de tissu que Ned a trouvé dans un arbre après l'histoire de la bombe fumigène... C'est un faible indice, mais la jeune fille se promet d'en faire part à M. Mac Ginnis, le chef de la police.

En attendant, il y a une piste bien plus urgente à suivre !

Quelques minutes plus tard, le véhicule d'Alice quitte le ranch Rainbow et s'engage sur la route. La forêt de Brookvale s'étend sur la droite. L'autre côté de la chaussée offre un paysage beaucoup plus accidenté et presque désertique par endroits.

— Là, crie Tina, tourne ici !

Un chemin de terre succède à la route, mais il

est si mauvais que la jeune héroïne doit bientôt renoncer à poursuivre en voiture.

— C'est encore loin ?

— Non, on peut presque voir le terrain d'ici.

— Alors, on va continuer à pied.

Arrivées à la carrière, elles voient une sorte de passage, creusé dans la colline, qui a été autrefois fermé par une large porte en bois. Mais celle-ci a pourri avec le temps, laissant une ouverture suffisante pour permettre de passer. Tout près de là, se trouvent d'anciens rails de chemin de fer, mais eux aussi sont abandonnés depuis longtemps et en partie arrachés. La zone entière est envahie par les ronces et les mauvaises herbes.

Tandis qu'elles approchent, une légère brise se lève et, presque aussitôt, un hennissement assourdi leur parvient.

— C'est lui, c'est Étoile Filante, il est là ! hurle Tina avec excitation.

— On dirait, en effet ! approuve son amie.

Elles se mettent à courir vers le passage souterrain. Alice sort une lampe de poche de son sac et éclaire la cavité. À moins de dix mètres se tient un grand cheval, attaché à un poteau de bois. Il hennit de nouveau, doucement, à la vue des deux visiteuses.

Soudain, les oreilles de l'animal se couchent en arrière, et sa jambe avant se met à gratter le sol poussiéreux nerveusement.

— Qu'est-ce qui lui arrive ? demande la fillette, paniquée. On dirait qu'il a peur !

Au même moment, Alice entend des bruits de pas dans la carrière.

— Chut, Étoile Filante ! souffle-t-elle lui caressant l'encolure.

Une voix grave retentit alors derrière elle :

— Mademoiselle Roy ! Votre petite enquête s'achève ici. Vous m'avez causé suffisamment de soucis.

Alice se retourne : Hugh Morston se tient dans l'embrasure du souterrain, les bras croisés, et l'air menaçant.

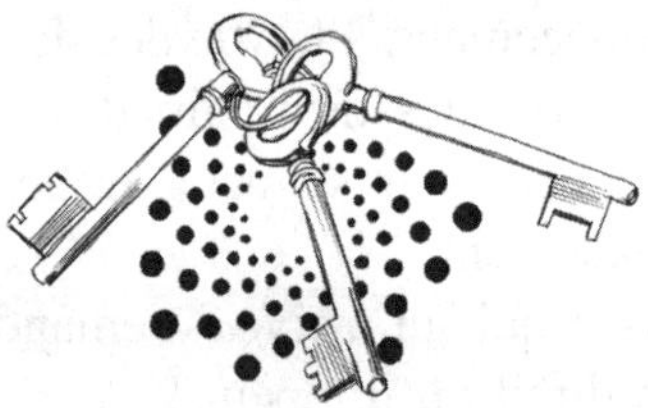

chapitre 20

Étoile Filante

— Morston ! s'écrie Alice. C'est donc vous qui êtes responsable de la disparition d'Étoile Filante !

— Vous êtes folle ? grogne l'homme. Ce n'est pas Étoile Filante. Où voyez-vous sa marque blanche ?

La jeune fille s'approche d'assez près pour bien observer le pur-sang. L'éleveur a raison : sa robe est d'un beau brun foncé et uniforme ! Il ne porte aucune tache en forme d'étoile.

— Alors, vous êtes contente ? ricane Hugh Morston grossièrement. Vous n'êtes pas si douée pour résoudre les énigmes qu'on le dit !

— C'est ce qu'on verra, réplique la jeune héroïne, sans se démonter.

L'homme s'avance.

— Maintenant, ça suffit ! ordonne-t-il d'un ton agressif. Vous allez décamper d'ici ! Tout de suite !

Le cœur d'Alice bat à se rompre, mais elle ne bouge pas d'un pouce.

— Ne soyez pas ridicule, riposte-t-elle calmement.

Elle se dirige alors vers le pur-sang et le flatte doucement pour gagner sa confiance. Puis elle le fait lentement tourner vers elle. Ouvrant son sac, elle en sort une petite bouteille en plastique.

— Qu'est-ce que tu vas faire ? interroge Tina, pétrifiée.

— Essayer un peu de dissolvant à ongles sur cette robe...

Elle commence à frotter, avec un coin de mouchoir, le flanc gauche de l'animal. Presque aussitôt, une tache blanche apparaît.

— C'est bien Étoile Filante ! lâche la petite-fille de Roger Harlow, stupéfaite.

— Tout juste ! fait la voix railleuse de Morston. Mais je crains que vous n'ayez commis une grossière erreur, ma chère Alice. Maintenant, il m'est impossible de vous laisser repartir pour raconter toute votre histoire à la police.

Avant de répondre, la détective chuchote quelque chose à l'oreille de Tina. En un éclair, la fillette se précipite vers la sortie du souterrain.

— Kurt, vite, arrête-la ! hurle Hugh Morston et lui-même se lance à la poursuite de l'enfant.

Kurt Jones bondit de derrière une grosse pierre.

Jones ! Ainsi l'entraîneur de M. Harlow est impliqué dans le rapt d'Étoile Filante ! Alice n'est pas tellement surprise. Il y a déjà un moment qu'elle le soupçonne de jouer un rôle dans cette affaire.

« Il m'a vue partir avec Tina en direction de cette

carrière, pense-t-elle. C'est lui qui a dû prévenir Morston ! J'aurais dû me méfier ! »

La détective profite de l'occasion pour courir à son tour hors du passage, mais lorsqu'elle atteint la sortie, elle se heurte à l'entraîneur.

— Pas si vite ! grogne-t-il en la saisissant par le bras.

La jeune fille tente de se dégager, mais Morston arrive en renfort et les deux hommes n'ont aucun mal à la maîtriser.

— Bien joué, Kurt !

— Où est la gamine ? demande ce dernier. Là-bas, regardez !

On voit en effet Tina détaler entre les arbres en direction du ranch Rainbow, puis elle disparaît.

L'éleveur est furieux de l'avoir laissée échapper, pendant qu'Alice gagnait du temps en luttant contre eux.

— Tant pis ! On garde au moins celle-là ! décide-t-il durement. Attache-la bien pendant que je vais chercher Velma ! On peut encore réagir et faire disparaître les témoins, mais il faut faire vite !

En un clin d'œil, l'enquêtrice se retrouve avec les poignets solidement attachés derrière le dos.

— C'est Velma Deene, la galeriste, qu'a été chercher votre patron ? demande-t-elle à Kurt Jones quand ils sont seuls.

— Exact, réplique celui-ci d'un ton de provocation. Tu ne t'en serais pas doutée, hein ?

— Bien sûr que si ! Je sais qu'elle est une grande consommatrice de somnifères, je l'ai entendue ferrailler avec le pharmacien pour obtenir de nouvelles boîtes ! J'imagine qu'elle vous a approvisionné en comprimés pour que vous droguiez Alf Greenfield la nuit du 4 juillet ?

— Pas mal ! reconnaît l'entraîneur avec un sourire ironique. Tu es maline ! Heureusement qu'on t'a coincée avant que tu puisses tout raconter à la police ! Vrai, Velma voulait se venger de la famille Harlow : elle détestait Ella, la fille de Roger, qui l'a toujours battue aux courses. Et elle voulait récupérer Étoile Filante, qu'elle n'avait pas pu acheter lors de sa mise aux enchères, quand il était encore un poulain. Ce pur-sang est d'une rapidité incroyable ! Un vrai champion !

— Cette Velma Denne est donc un véritable escroc ! lance la prisonnière. Étoile Filante ne devait pas tant lui servir à gagner de l'argent aux courses qu'à cambrioler les propriétés de la région sans se faire voir des policiers !

— Décidément, tu as bien travaillé ! commente l'entraîneur sèchement. C'est juste, la galerie de Velma sert à écouler les biens volés. Des tableaux, des sculptures...

— ... et de l'argenterie ! complète Alice. J'imagine que le petit vase trouvé à Grimsby était destiné à être vendu dans sa boutique !

— Eh bien, mademoiselle Roy, je ne suis pas étonné que vous ayez une telle réputation de détective ! Mais je crois que vous ne devriez pas mettre votre joli nez dans les affaires des gens. Cette fois-ci, votre curiosité vous a mise dans un sacré pétrin !

— Ah oui ? pourquoi ça ? Qu'est-ce que vous allez faire de moi ?

— Dès que Morston reviendra avec le camion, on vous mettra dans le coffre avec Étoile Filante et on quittera la région...

— Vous ne pourrez pas me garder éternellement enfermée !

— Exact, ma belle ! C'est pourquoi il faudra bien arranger un accident fâcheux...

À ce moment, un bruit de moteur se fait entendre. Kurt Jones va à sa rencontre et aide Hugh Morston à manœuvrer devant l'entrée du souterrain. Ce dernier coupe le contact. Pourtant, un nouveau vrombissement de voiture parvient aux oreilles des malfaiteurs.

— Qu'es-ce que c'est que ce grondement ? s'énerve l'éleveur en passant la tête par la fenêtre de son van.

Alice sourit.

— Vous ne remarquez pas le fourgon de police qui vient d'entrer dans la carrière ? Tina l'a probablement intercepté quand elle s'est enfuie ! Heureusement que les hommes de M. Mac Ginnis patrouillent nuit et jour dans la région !

Il y a un moment de panique totale chez Morston, Velma et Kurt, quand ils se rendent compte qu'Alice a dit vrai et que toute fuite devient impossible. Le véhicule des policiers se gare devant eux et deux hommes armés en sortent. Voyant les poignets attachés d'Alice, ceux-ci arrêtent aussitôt les malfaiteurs et leur passent les menottes. Velma

Deene hurle pendant que le brigadier la force à descendre de la camionnette de son complice.

Tina, en effet, est dans le fourgon des agents. Elle saute à terre et se jette dans les bras de son amie, dès que celle-ci est libérée.

— Oh, Alice, je suis contente qu'il ne te soit rien arrivé ! s'exclame-t-elle.

— C'est grâce à toi, ma chérie, répond la jeune fille. Tu as eu du mal à trouver de l'aide ?

— Au début, oui. Mais j'ai tout de suite pensé à rejoindre la route, et j'ai arrêté les policiers qui patrouillaient.

La détective est priée d'accompagner les prisonniers jusqu'au poste de police pour témoigner.

Il est tard lorsqu'elle rentre enfin à River City. Ce soir-là, Ned, Bess et Marion la rejoignent chez elle pour connaître tous les détails après qu'un flash d'informations à la télévision leur a appris que le pur-sang Étoile Filante a été retrouvé.

— Qu'est-ce qui a pu pousser un homme riche comme Hugh Morston à commettre un tel délit ? murmure Marion.

— Il n'est pas si riche que ça, explique la détective. Il a perdu beaucoup d'argent dans son procès contre Roger Harlow. Il s'est ensuite associé avec Judd Bruce et un autre type pour acheter le pur-sang Minaret. Ils l'ont inscrit récemment dans le Grand Prix de River City et Morston a parié très gros sur lui. Mais quand il a su qu'Étoile Filante concourrait aussi, il a pris peur. Si Minaret perdait, il était ruiné.

— C'est pourquoi il s'est débarrassé du seul cheval qui pouvait battre le sien.

— Exactement.

Puis Alice raconte comment Velma Deene, qui avait elle aussi de nombreux griefs contre la famille Harlow, a fourni des somnifères à Kurt Jones pour droguer Alf Greenfield.

— Ensuite, l'entraîneur n'avait plus qu'à échanger son thermos contre un autre pendant le sommeil du gardien. Plus tard, il a fait sortir le pur-sang de son box et l'a conduit à Grimsby, qui était le lieu où Velma Denne prévoyait d'entreposer les biens volés aux propriétés de la région !

— Bien sûr, quand Ned a décidé de faire son film au vieux manoir, il a dû drôlement contrarier ces bandits ! commente Bess en riant.

— C'est sûr ! approuve la jeune héroïne. Alors, pour nous dissuader de poursuivre le tournage, ils ont cherché à nous faire peur : ils ont mis le feu aux écuries, lancé la bombe fumigène au premier étage, et tracé des messages menaçants dans la poussière !

— Et dire que je soupçonnais Gwen, Lenny et leurs malheureux complices d'être les coupables... marmonne Ned.

— Ils ont quand même essayé de faire échouer ton film ! rappelle la coquette blonde.

Deux semaines après tous ces événements et la résolution des énigmes qui entouraient le ranch Rainbow et le manoir Grimsby, Alice et Tina accompagnent Roger Harlow au Grand Prix de River City pour y applaudir la victoire d'Étoile Filante.

Et, quelques jours plus tard, la détective et ses amies se rendent au festival de courts-métrages à New York.

La satire de Ned sur les vampires y remporte un franc succès, provoquant les éclats de rire de la salle, et elle décroche facilement les félicitations du jury. Le jeune réalisateur et Alice, actrice principale du film, sont appelés sur scène.

— Alice n'est pas seulement la vedette de mon film, déclare l'étudiant à l'assistance. C'est aussi une formidable enquêtrice, elle a démasqué des bandits qui cachaient leurs crimes dans le manoir où nous tournions. Sans elle, nous n'aurions jamais pu réussir !

L'enquêtrice salue la salle qui l'applaudit à tout rompre et se tourne vers son compagnon. Il lui prend la main et, se penchant vers elle, l'embrasse sur la joue :

— Tu es ma star préférée ! chuchote-t-il à son oreille.

Quelle nouvelle énigme

Alice

devra-t-elle résoudre ?

Pour le savoir, regarde la page suivante !

Alice doit faire face à un nouveau mystère...

Dans le 16e volume de la série

Alice chez le grand couturier

Alice, Bess et Marion sont tout excitées : elles sont conviées à un défilé de haute couture à New York ! Mais, quelques heures avant le début du gala, les trois amies apprennent que le mannequin-vedette, Jackie, a mystérieusement disparu... Il est trop tard pour annuler le défilé : Alice est choisie pour remplacer le top model et présenter la collection de vêtements de l'excentrique styliste Richard Reese. La détective saura-t-elle déjouer les dangers qui menacent le monde tumultueux de la mode ?

Les as-tu tous lus ?

1. Alice
et le chandelier

2. Alice
et les faux-monnayeurs

3. Alice
au manoir hanté

4. Alice
et les diamants

5. Alice
au ranch

6. Alice
et la pantoufle d'hermine

7. Alice
au bal masqué

8. Alice
et le violon tzigane

10. Alice
et le carnet vert

Retrouve toutes les enquêtes de la célèbre détective dans les volumes précédents !

www.bibliothequeverte.com
Le site de tes héros préférés
LA BIBLIOTHÈQUE VERTE
TES SÉRIES PRÉFÉRÉES
CONCOURS
QUOI DE NEUF ?
L'ATELIER
LA BOUTIQUE
LA BIBLIOTHÈQUE VERTE

Table

1. De graves événements 7
2. Un mystérieux appel 19
3. Un champion a disparu 29
4. Curieux comportement 39
5. Un entraîneur maussade 47
6. Mise à l'épreuve 55
7. La surprise 65
8. Des nouvelles palpitantes 75
9. La liste secrète 83
10. Nouvelle frayeur 91
11. Le tableau disparu 101
12. Un indice sur la route 107
13. Alerte au feu ! 115
14. Des cris dans la forêt 125
15. Le piège du fantôme 133

16. Un éclair de beauté 141
17. Le secret de Tina 149
18. Le retour d'un suspect 157
19. Une fourrure poussiéreuse 165
20. Étoile Filante 175

« Pour l'éditeur, le principe est d'utiliser des papiers composés de fibres naturelles, renouvelables, recyclables et fabriquées à partir de bois issus de forêts qui adoptent un système d'aménagement durable. En outre, l'éditeur attend de ses fournisseurs de papier qu'ils s'inscrivent dans une démarche de certification environnementale reconnue. »

Composition MCP – ***Groupe Jouve*** – 45770 Saran

Imprimé en France par Jean-Lamour - Groupe Qualibris
Dépôt légal : juin 2008
20.07.1640.0/01 – ISBN 978-2-01-201640-8
Loi n°49-956 du 16 juillet 1949
sur les publications destinées à la jeunesse